ALPHAS AUFGABE

RENEE ROSE

LEE SAVINO

Übersetzt von
STEPHANIE KOTZ

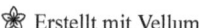

RENEE ROSE: HOLEN SIE SICH IHR KOSTENLOSES BUCH!

Tragen Sie sich in meine E-Mail Liste ein, um als erstes von Neuerscheinungen, kostenlosen Büchern, Sonderpreisen und anderen Zugaben zu erfahren.

https://www.subscribepage.com/mafiadaddy_de

PROLOG

Appalachen, Kentucky
Vollmond, 1993

harlie

EIN COYOTE heult und die Härchen in meinem Nacken richten sich auf. Die Hütte meiner Großeltern knarzt im Wind. Ich verbringe die Nacht bei ihnen, wie ich das an den Wochenenden immer mache, wenn meine Mom in der Stadt ist und an der Bar arbeitet.

„Wenn ich es nicht besser wüsste, würde ich sagen, dass das ein Wolf ist", sagt Oma, die sich gerade das Mehl von den Händen klopft. „Aber in Kentucky wurden seit über hundert Jahren keine Wölfe mehr gesehen."

„Ich habe einen Wolf gesehen." In dem Moment, in dem ich es sage, wünsche ich mir, ich hätte es nicht getan, auch wenn ich nicht verstehen kann, warum sich mein Magen so verkrampft. Ich weiß nur, dass der große silberne Wolf – der Wolf, den ich mittlerweile als meinen betrachte und dessen Blick ich oft auf mir spüre – nicht möchte, dass man über ihn spricht.

Mein Onkel schnaubt.

Mein Großvater betrachtet mich scharf. „Wo hast du einen Wolf gesehen, Junge?"

Jetzt wünsche ich mir wirklich, ich hätte nichts gesagt. Ich schüttle den Kopf. „Nirgends."

Mein Großvater erhebt sich mit zusammengezogenen Brauen aus seinem Stuhl. „Lüg mich nicht an. Du sagtest, du hättest einen Wolf gesehen. War er groß und grau?"

Ich schlucke und nicke.

„War was unnatürlich an ihm? Was merkwürdig? Als wäre er *zu* groß für einen Wolf?"

Wieder nicke ich.

Erneut erklingt ein Heulen, dieses Mal näher. Mein Groß-vater holt seine Schrotflinte hinter der Tür hervor. Meine zwei Onkel stehen auf und tun das Gleiche.

„Harold, nein", schreit meine Großmutter.

Mein Großvater ignoriert sie, öffnet die Tür unserer Hütte und tritt nach draußen ins Mondlicht. „Es ist an der Zeit, dass wir diese Wälder zurückerobern", sagt er. Wilde Entschlos-senheit drückt sich in der Haltung seiner Schultern aus.

Ich rapple mich auf, um ihnen zu folgen, wobei ich mir das Luftgewehr greife, dessen Gebrauch er mir bereits beige-bracht hat, und laufe hinter ihnen nach draußen. Opa lässt mich immer mitgehen – ich bin mehr oder weniger sein Schatten, wenn ich in seinem Haus bin, weshalb ich über-rascht bin, als er sich umdreht und eine Hand hochhält.

„Nein. Du kannst dieses Mal nicht mitkommen, Charlie. Geh ins Haus und beschütze deine Oma."

Meine Schultern straffen sich bei der Anweisung *beschütze deine Oma* und ich renne zurück in die Hütte, um mich mit dem Luftgewehr auf dem Schoß neben das Fenster zu setzen.

Ich weiß nicht, wie viel Zeit vergeht, bevor ich einen Schuss nicht weit entfernt von der Hütte höre. Ich springe auf die Füße und renne zur Hintertür in die Richtung, aus der der Schuss kam, und reiße die Tür auf.

„Charlie, komm nicht hier raus", warnt mich mein Großvater mit tiefer Stimme. Er ist ungefähr sechs Meter entfernt und steht mit dem Rücken zu mir da. Meine Onkel stehen neben ihm und blockieren mir den Blick auf das, was auch immer sie am Boden anschauen. Etwas schwingt in seiner Stimme mit, das mir Angst macht – als hätte *er* Angst. Aber das ergibt keinen Sinn, er hat nie Angst.

„Hast du ihn erwischt, Opa?"

„Ja, ich habe etwas erwischt." Wieder klingt er komisch. „Geh du ins Haus und sag deiner Oma, dass sie Devon anrufen soll." Devon ist Opas Bruder, der auf dem Grundstück nebenan wohnt. Ich überbringe die Botschaft und positioniere mich in der offenen Tür. Oma drängt sich hinter mich, aber es gibt nichts zu sehen. Opa schleift bereits etwas von der Hütte weg und durch die Bäume. Ich mache Anstalten, rauszulaufen, doch Oma erwischt meine Schulter.

„Wenn dir dein Opa gesagt hat, dass du im Haus bleiben sollst, darfst du dich nicht vom Fleck rühren."

Ich lasse mich widerwillig von ihr nach drinnen führen und schließe die Tür. Sie schaltet den Fernseher für mich ein, aber ich habe kein Interesse daran. Ich bleibe bei den Fenstern und beobachte meinen Opa und meine Onkel, die sich hin und her bewegen und reden. Ich schiebe das Fenster auf, um zuzuhören.

„Es *war* ein Wolf. Der große Graue – der, den Callie sah, als sie ein Teenager war", sagt mein Opa.

Callie ist meine Mom. Ich habe einen Daddy, aber er kommt nicht oft vorbei. Er kommt an meinen Geburtstagen und bringt mir Geschenke, aber sie lässt ihn nie ins Haus und erlaubt ihm nie, mich irgendwohin mitzunehmen. Sie scheint Angst vor ihm zu haben, obwohl ich nie einen Grund dazu gesehen habe.

„Nun, jetzt ist er kein Wolf mehr, Harold", sagt Devon. Seine Worte triefen nur so vor Zweifel, als würde er nicht glauben, was mein Opa gesehen hat. „Du weißt, wer das ist, oder?"

Wer, nicht *was*.

„Ich weiß."

Ein Schauder durchläuft mich. Hat mein Opa einen Mann getötet?

Wird er ins Gefängnis kommen?

„Geht und holt die Spaten", sagt mein Opa zu meinen Onkeln. „Wir werden ihn hier draußen auf dem Grundstück vergraben müssen."

„Komm von dort weg, Charlie." Meine Oma knallt das Fenster zu. „Es ist schon längst Schlafenszeit für dich. Geh deine Zähne putzen." Ich höre auch in ihrer Stimme Furcht, weswegen ich nicht protestiere. Ich lehne das Gewehr an die Wand und gehe ins Bett.

Es wird Jahre dauern, bis ich realisiere, dass es jene Nacht war, nach der mein Vater aus meinem Leben verschwand.

 harlie

BLUT IN MEINEM MUND… nicht meines.

Schmeckt… so gut.

Nein. Nicht gut. Falsch.

Ändere dich wieder, verflixt und zugenäht.

Verwandle dich.

Als nichts passiert, rase ich die Bergflanke hinauf, durch die Bäume, wobei ich über umgestürzte Baumstämme und Felsen hüpfe. Meine weißen Pfoten sind riesig auf den weichen Kiefernnadeln.

Was ist das? Eine Bewegung in den Büschen. Ich springe und drehe mich in der Luft, ehe ich dem rennenden Hasen folge.

Er hat keine Chance. Ich bin zu schnell. Zu wild.

Noch mehr Blut füllt meinen Mund, heiß und dick. Ich verschlinge das Hasenfleisch wie ein ausgehungerter Hund.

Dann trotte ich nach unten zum Bach und trinke daraus.

Als ich mein Spiegelbild im Wasser sehe, schnappe ich nach dem großen, silbernen und weißen Wolf.

Verwandle dich, du Monster. Verwandle dich.

Ich weiß nicht einmal, wo zum Teufel ich bin. Wie ich zurückkommen kann. Mein Gehirn funktioniert nicht richtig. Ich habe keine Kontrolle über meinen Körper. Meine... Dränge.

Ich drehe mich um und trotte in die Richtung, in die es mich zieht, und irgendwie lande ich wundersamerweise vor meinem Truck.

Das Verlangen, in diesen Truck zu steigen und von diesem Berg wegzufahren, weg von dem, was hier passiert ist, ist so stark, dass ich mich hinsetze und den Türgriff anheule.

Verwandle dich zurück.

Was sagte Jared, damit ich mich in Honduras wieder änderte? Einfach nur *verwandle dich zurück.* Ich denke zurück an diesen Moment, in dem ich zum ersten Mal meine weißen Pfoten sah, die Hitze und die Neuanordnung meiner Zellen spürte, und plötzlich liege ich auf meiner Seite, nackt, keuchend.

Menschlich.

Fuck sei Dank.

Ich bin wieder ein Mensch. Achtzehn Stunden bin ich diesen Berg hoch und runter gewandert in dem Versuch, einen Weg zu finden, wie ich mich zurückverwandeln kann.

Hierherzukommen und das Monster rauszulassen, war ein Fehler. Ich wische mir über den Mund, angeekelt von dem Blutgeschmack. Als die Erinnerungen daran, was ich aß, auf mich einströmen, übergebe ich mich hinter dem Auto.

Meine Fresse. Es sieht mir gar nicht ähnlich, dass ich meinen eigenen Körper nicht unter Kontrolle habe. Dieser Sack Knochen war eine Maschine für mich seit dem Augenblick, in dem ich mit achtzehn der Armee beitrat und so aus Kentucky rauskam. Ich kann mit meinen bloßen Händen töten und jeder Gefahr entkommen. Ich arbeite am besten unter Druck.

Jetzt ist nicht der richtige Zeitpunkt, um plötzlich sensibel zu werden.

Ich kann es einfach nicht ertragen, mich außer Kontrolle zu fühlen und nicht zu wissen, was ich als Nächstes tun werde. Die Art und Weise, wie ich mich dem Bedürfnis des Tieres, jagen zu gehen, unterwarf – ich konnte es nicht kontrollieren. Wie mich der zunehmende Mond gestern Nacht hierhergebracht hat.

Scheiße. Wie spät ist es?

Ich schnappe mir die Schlüssel, die ich oben auf dem Reifen auf der Fahrerseite versteckte, und öffne den Truck.

Zwölf Uhr beschissene dreißig. Ich habe ein Treffen mit meiner Führungsoffizierin verpasst. Ich bin so was von am Arsch.

Ich schlüpfe in meine Jeans, während ich Agentin Annabel Gray anrufe.

„Dune, was ist passiert? Du warst zwanzig Stunden von der Bildfläche verschwunden." Sie hat meinen Peilsender überprüft. Ich lasse ihn nur an, wenn ich auf einer aktiven Mission bin.

Höre ich Erleichterung in ihrer Stimme? Hat sich Ann Gray Sorgen um mich gemacht? Es ist ein merkwürdiger Gedanke, aber meine Beziehung zu ihr veränderte sich letzten Monat, als ich sie um Hilfe dabei bat, die… *Werwölfe* aufzuspüren. Jetzt weiß ich, was sie sind.

Was *ich* bin.

Wie auch immer es ist ein Vertrauen zwischen uns entstanden. Sie tat mir einen Gefallen und sagte, dass ich ihr im Gegenzug einen schuldete.

Dieses winzige Informationsbröckchen veranlasste mich dazu, alles zu überdenken, was ich über sie weiß. Was könnte sie von mir brauchen?

„Es tut mir leid", sage ich, während ich mein Shirt überstreife und mich hinter das Lenkrad schiebe. „Ich habe unser Treffen verpasst."

„Ist alles okay?" Es liegt ein unbehagliches Zögern in ihrer Stimme. Es *ist* persönlich.

„Ich bin nicht verletzt." Das entspricht der Wahrheit. Aus irgendeinem Grund will ich sie nicht anlügen und mit mir ist definitiv nicht alles okay.

Herauszufinden, dass ich ein Werwolf bin – dass meine Werwolfgene getriggert oder aktiviert wurden, weil ich andere... meiner Art sah – warf mich definitiv aus der Bahn. Ich stelle meine geistige Gesundheit mittlerweile täglich infrage. Aber noch viel wichtiger, ich zweifle an meiner Effizienz. Meine Sinne sind viel zu scharf. Ich höre zu viel, rieche zu viele Gerüche und verzehre mich nach Fleisch, als würde ich sterben, wenn ich nicht etwas töte. Wenn ich meine tierischen Dränge nicht kontrollieren kann, was wird dann passieren, wenn ich einen Auftrag ausführe? Wenn Leben auf dem Spiel stehen?

„Ich habe die Nacht... außerhalb der Stadt verbracht. Ich kann mich in neunzig Minuten mit dir treffen. Nenn mir einen Treffpunkt."

Sie atmet ungeduldig aus. „Venice Beach, 14:30 Uhr."

„Ich werde dich dort finden."

Ich lege auf und trete auf das Gaspedal. Normalerweise sind mir verärgerte Führungsoffiziere scheißegal. Meine Arbeitsleistung wird nicht danach beurteilt, wie gut ich mit anderen zurechtkomme, sondern wie gut ich meine Aufträge erledige. Aber aus irgendeinem Grund – vielleicht weil sie so klang, als hätte sie sich wirklich Sorgen gemacht – habe ich es eilig, Agentin Gray von Angesicht zu Angesicht zu sehen.

Vielleicht werde ich mich sogar entschuldigen.

Annabel

ICH KAUFE mir ein Eis in der Waffel und setze mich auf die Mauer am Venice Beach, wodurch ich mit der Horde Strandgänger verschmelze. Ich habe mich so angezogen, dass ich nicht auffalle – ich trage ein Neckholder-Top und Shorts sowie Schnürsandalen, in denen ich rennen kann, wenn ich muss.

Ich kann nicht fassen, dass ich sauer bin, weil Charlie Dune letzte Nacht jemanden aufgegabelt hat. Warum in aller Welt sollte mich das kümmern?

Wir führen keine Beziehung.

Ich bin seine Führungsoffizierin, um Himmels willen.

Ja, er ist heiß. Alle Geheimagenten üben einen gewissen Reiz auf mich aus. Ich meine, was ist nicht fesselnd an hochintelligenten Männern, deren Körper ausgebildete Waffen sind? Agenten, die angeblich im Alleingang Regierungen stürzen oder Kriege auslösen können? Agenten, die Geiseln retten oder – Gerüchten zufolge – einen Tötungsbefehl ausführen können? Ich weiß, dass ich noch nie derartige Befehle weitergegeben habe, aber meine Freigabe ist auch nicht hoch.

Dune ist wie alle Geheimagenten aus gemeißelten Muskeln gebaut. Er ist nicht riesig oder hochgewachsen, das sind sie nie. Sie müssen in der Lage sein, unbemerkt in

Gebäude rein und raus zu schleichen – mit ihrer Umgebung zu verschmelzen.

Ich stehe auf Spione, vermute ich, vor allem auf Dune. Irgendetwas passierte letzten Monat zwischen uns. Tatsächlich findet das alles vermutlich nur in meinem Kopf statt. Was der Grund dafür ist, dass ich eine Analystin beim Nachrichtendienst bin, keine Geheimagentin – ich emotionalisiere zu sehr und werde mit Menschen und in Situationen persönlich. Mir geht das alles zu sehr ans Herz. Trotz meiner grundlegenden Kampfausbildung, wäre ich niemals in der Lage, auf jemanden zu schießen, nicht einmal wenn mein Leben davon abhinge.

Ich umging letzten Monat ein paar Vorschriften und setzte meinen eigenen Job aufs Spiel, um Dune einige Informationen zu besorgen. Er sagte, er hätte jemanden bei den Laborfeuern verloren. Und ich habe mich wahrscheinlich zu sehr in seine Lage hineinversetzt. Denn ich weiß, wie es ist, in den schmutzigen Geheimnissen der eigenen Regierung zu wühlen, wenn ein geliebter Mensch involviert ist.

„Schokolade – meine Lieblingssorte", grollt eine tiefe Stimme hinter mir.

Ich zucke nicht zusammen. Ich bin daran gewöhnt, dass er aus dem Nichts auftaucht. Woran ich nicht gewöhnt bin, ist, wie nah er mir kommt. Würde ich es nicht für verrückt halten, hätte ich geschworen, dass er sich nach vorne beugte, um meinen Geruch zu inhalieren.

Ich drehe mich um und finde sein Gesicht viel zu nah bei meinem und die grünen Augen scheinen sich im Sonnenlicht eisblau zu verfärben.

Verdammt.

Ja, er ist heißer als in meiner Erinnerung. In seinem engen schwarzen T-Shirt – die Sorte, die sich über seine harten Muskeln spannt – und einer Baseballkappe, die er tief über seine grünen Augen gezogen hat, sieht er absolut wie ein attraktiver, kalifornischer Surfer aus.

Er stiehlt mir die Eiswaffel und leckt einmal von dem Eis ab. Nun, das ist definitiv anders. Wir teilen im Grunde genommen unsere Spucke.

Flirtet er mit mir?

Oh, das ist ja ein starkes Stück. Nachdem er unser Treffen am Morgen wegen eines One-Night-Stands, den er hatte, verpasste. Ich wusste nicht, dass Dune so ein Frauenheld ist, aber es passt. Geheimagenten können keine dauerhaften Beziehungen führen, weshalb sie zu Weiberhelden werden, die es tun, wann und wo auch immer sie wollen.

Arschloch.

Ich drehe mich zu ihm um und beobachte, wie er das Eis komplett verschlingt. Ich meine, ich wusste nicht, dass man ein Eis so schnell essen kann.

Also schätze ich, dass wir doch keine Spucke teilen.

Er besitzt immerhin den Anstand, beschämt auszusehen, als er die letzten Reste von seinen Fingern leckt.

„Ich werde dir ein neues kaufen."

Ich rolle mit den Augen. „Spar dir das. Ich habe es nur zur Tarnung gekauft."

„Wie lautet der Auftrag?"

Ich kann meine Verärgerung nicht daran hindern, sich bemerkbar zu machen, obwohl er immer nur aufs Geschäftliche fokussiert ist.

„Dass du heute Morgen nicht aufgetaucht bist, hat uns vielleicht den Auftrag gekostet."

Sein Gesicht bleibt ausdruckslos und unter der Kappe schweifen seine Augen ohne Unterlass über die Landschaft, als würde er jede Person erfassen, die vorbeiläuft, alles an unserer Umgebung. Er ist so verdammt *wachsam*.

„Ich werde es in Ordnung bringen. Wie lautet der Auftrag?"

Die Sache ist die – ich glaube ihm. Ich bin mir sicher, dass er es in Ordnung bringen wird. Er ist die Sorte Agent, die Ergebnisse bringt, was der Grund dafür ist, dass man ihm einen Haufen Geld bezahlt.

Dennoch bin ich noch nicht über meine Verärgerung hinweg. Ich wische über mein Tablet und zeige ihm das Display. „Das Ziel ist Lucius Frangelico. Er lebt in Hollywood. Beruf, unbekannt. Möglicherweise Mafia, möglicherweise Drogenbaron. Definitiv in irgendetwas verwickelt. Sie wollen, dass er verwanzt und beschattet wird."

„Warum ist das ein Job für die CIA und nicht das FBI?"

„Er hat Verbindungen zu Al-Qaida. Reist international. Verkauft vielleicht Waffen. Das ist eine Vorermittlung."

„Ich werde mich darum kümmern."

„Ja, nun, er hat Kalifornien heute Nachmittag in einem Privatflugzeug verlassen. Jetzt musst du ihn also erst einmal finden."

Er nickt ernst. „Das werde ich"

Ich bin mir sicher, dass er recht hat. Ich habe volles Vertrauen in ihn. Und ich habe immer noch das Gefühl, als schulde er mir eine Entschuldigung dafür, dass er heute Morgen nicht zu unserem Treffen erschienen ist.

Als könne er auch noch meine Gedanken lesen, blickt er mir in die Augen. „Das mit heute Morgen tut mir leid. Es wird nicht noch einmal vorkommen."

„Dune, mir ist egal, was du in deiner Freizeit machst, aber wenn ich dich einbestelle, kommst du." Ich kann eine auf Zicke machen, wenn es die Situation verlangt.

Er reibt sich mit einer Hand über seinen stoppeligen Kiefer, wobei er nach wie vor subtil in alle Richtungen blickt, ohne seinen Kopf zu bewegen. „Yeah. Ich war… arbeits-unfähig."

Ich ziehe eine Braue hoch. „War sie so gut?"

Sein Kopf zuckt zurück und seine Augenbrauen senken sich. „Was?" Sein Lachen ist unerwartet – vielleicht für uns beide. Ich nehme Erleichterung darin wahr, was ich abspeichere, um mich später damit auseinanderzusetzen. „Nein, es war keine Frau – ich wünschte, es wäre so." Er schüttelt schnell den Kopf. „Ich meine –" Er stoppt und seine jadegrünen Augen begegnen meinen.

Eine Sekunde lang spricht keiner von uns und unsere Blicke sind ineinander verhakt, gefangen. Irgendetwas flattert in meinem Bauch. Seine Nasenflügel weiten sich und ich beobachte, wie das gleiche Lichtspiel seine Augen wieder blau aufblitzen lässt. Meine Lippen teilen sich überrascht und sein Blick senkt sich auf diese.

„Es war keine Frau." Seine Stimme ist tiefer als in meiner Erinnerung.

„Was war es dann?" Meine Stimme hat jegliche Autorität verloren – sie klingt für meine Ohren erbärmlich atemlos.

Er schüttelt den Kopf. „Etwas anderes." Plötzlich sieht er müde, fast schon niedergeschlagen aus.

Ich bin schockiert von meinem Verlangen, ihn zu trösten und herauszufinden, welche Dämonen diesen mutigen Krieger verfolgen. Was versteckt er unter dieser undurch-dringlichen Maske tödlicher Fähigkeiten?

„Hör zu." Er berührt meinen Nacken gerade unterhalb der Stelle, wo das Top verknotet wird. Energie schießt bei der leichten Berührung durch mich und ein angenehmes Kribbeln rast über meine Haut. Ich weiß, dass das hier nur zur Show ist – wir spielen die Rolle eines flirtenden Strandpärchens, aber das Pulsieren, das zwischen meinen Beinen einsetzt, versteht das nicht. „Ich will mich bei dir für die Hilfe bedanken, die du mir letzten Monat hast zukommen lassen. Du hast geholfen, ein entführtes Kind zu retten, also… es hat einen Unterschied gemacht."

Meine Gedanken wollen sich sofort damit beschäftigen, in Erfahrung zu bringen, wessen Kind er gerettet hat – seines, das eines Freundes – aber ich kann mich bloß auf die leichten Kreise konzentrieren, die er auf meine Haut zeichnet. Mir stockt der Atem.

„Ich bin froh, dass es geholfen hat."

„Ich schulde dir etwas. Beruf dich darauf, wenn du etwas brauchst."

Meine Brustwarzen ziehen sich zusammen. „Oh, das werde ich." Das Selbstvertrauen kehrt in meine Stimme zurück, aber aus irgendeinem unerklärlichen Grund wähle ich diesen Moment, um zu erröten. Vielleicht wegen seines durchbohrenden Blicks, als würde er versuchen, zu erraten, welchen Grund ich haben könnte, einen Gefallen von ihm einzufordern.

Ich hoffe bei Gott, dass ich ihn nie brauchen werde. Aber die Akte, die ich für ihn besorgte, war nicht die einzige redigierte Information die ich gehackt habe. Und in Anbetracht dessen, für welche Regierungsabteilung ich arbeite, könnten die Konsequenzen mehr als eine Verwarnung sein. Man weiß nie.

Einen Freund zu haben, der fähig ist, mein Leben zu beschützen, könnte sich also als nützlich erweisen.

„Hast du die Informationen für mich hochgeladen?", fragt er und tippt auf mein Tablet. Anscheinend ist er jetzt wieder beim Geschäftlichen.

„Ja." Ich nicke. „Lass mich wissen, wenn der Auftrag erledigt ist."

„Selbstverständlich." Er macht Anstalten, wegzulaufen, dann dreht er sich um. „Annabel."

Er hat mich noch nie zuvor bei meinem Vornamen angesprochen. Das hat eine Wirkung auf mich, als hätte er mich an der Kehle gepackt – aber auf gute Weise. Er verlangt meine ganze Aufmerksamkeit – meine steifen Brustwarzen pochen und ein Kribbeln rast über meine Haut.

„Steckst du in Schwierigkeiten?"

Ich zögere, dann schüttle ich den Kopf. *Noch nicht.*

Er nickt. „Du sagst mir Bescheid, wenn ich es wissen muss."

Dann ist er fort, mischt sich unter die Menschenmenge und verschwindet so schnell wie er auftauchte.

Richtig. Ich werde ihm Bescheid geben, wenn er es wissen muss.

Ich hoffe wirklich, dass diese Zeit nicht kommen wird.

Warum enttäuscht es mich dann, mein Geheimnis *nicht* mit ihm zu teilen?

 *nnabel*

ICH SITZE in dem Büro in LA, das ich mir hauptsächlich mit den Mitarbeitern der *National Resource* Abteilung teile. Meine direkte Vorgesetzte arbeitet von Langley aus, weshalb ich die einzige Sicherheitsexpertin hier bin, und wie Charlie bin ich für meine Arbeit selbst verantwortlich.

Was mir die Mittel und Zeit für persönliche Ermittlungen gibt. Ich arbeite bereits seit letztem Oktober an einem derartigen Projekt, als ich versuchte, mich in meine eigene Personalakte zu hacken, und stattdessen auf die meines Vaters stieß. Was merkwürdig war, da mein Vater nie für die CIA arbeitete.

Oder zumindest dachte ich das.

Und seine Akte war versiegelt. Ich sah lediglich, dass er im Dienst in El Salvador getötet wurde. Dieser Teil passt zu dem, was mir meine Familie zum damaligen Zeitpunkt erzählte. Mein Vater war ein Major bei den Marines, der in El

Salvador erschossen wurde, während er als Personenschützer für einen hochrangingen Regierungsbeamten arbeitete.

Angeblich.

Was hat er also wirklich für die CIA in El Salvador gemacht? Spionage? War mein Vater ein aktiver Agent? Es scheint so. Ich versuche zum fünfunddreißigsten Mal, durch irgendeine Hintertür zu gelangen, um die Information zu finden. Ich habe einen Abschluss in IT und die zehn Jahre, die ich bereits für die CIA arbeite, haben mich so einiges über das Informationssicherheitssystem der Abteilung gelehrt.

Doch ich versuche bereits seit Monaten erfolglos, mich in diese Akte zu hacken. Es könnte an der Zeit sein, eine direktere Route einzuschlagen, um an Informationen zu gelangen. Ich nehme das Telefon in die Hand, um den CIA Direktor Edward Scape, den Boss meines Bosses, anzurufen. Er arbeitet seit über vierzig Jahren für die CIA, was bedeutet, dass er schon dabei gewesen sein muss, als mein Vater hier arbeitete. Er kann mir vielleicht irgendwelche Informationen verraten.

Ich bekomme die Sekretärin des Mannes an die Strippe. „Es tut mir leid, Direktor Scape ist nicht zu sprechen, soll ich eine Nachricht ausrichten?"

Ich tippe mit dem Fingernagel auf meine Tastatur, denn ich bin mir sicher, dass er mich nicht zurückrufen wird, wenn ich ihm keinen triftigen Grund liefere. „Dürfte ich bitte mit seinem Anrufbeantworter sprechen?"

Sie zögert, dann sagt sie: „Sicher. Ich werde Sie weiterleiten."

Natürlich wird alles, das auf dem Anrufbeantworter landet, aufgezeichnet. Ich muss mir gut überlegen, was ich sagen werde. „Hallo Agent Scape, hier spricht Agentin Annabel Gray aus dem Büro in Los Angeles. Ich rufe nicht wegen meines aktuellen Jobs an, ich rufe wegen etwas Persönlichem an. Ich bin über Informationen gestolpert, die bestätigen, dass mein Vater, Major Jack Gray ein CIA Agent beim *Directorate of Operations* war. Ich habe mich gefragt, ob ich Zugriff auf seine Akte haben oder Sie mich darüber in Kenntnis setzen könnten, was er hier gemacht hat? Sie können meine Sicherheitsfreigabe überprüfen. Ich werde die Informationen an niemanden weitergeben. Es ist nur aus… persönlichen Gründen. Um einen Abschluss zu kriegen. Ich war nur ein Mädchen, als er starb und ich hatte keine Ahnung, dass wir die gleiche Karriere hatten. Ich würde gerne mehr über ihn wissen." Ich hinterlasse meine Telefonnummer, bedanke mich und lege auf.

Dann tippe ich noch etwas mehr auf meiner Tastatur herum. Er wird wahrscheinlich nicht anrufen.

CHARLIE

ICH FINDE Frangelico ausgerechnet in Tucson.

Das scheint mir ein merkwürdiger Zufall zu sein, da das Wolfsrudel, dem ich letzten Monat folgte, sein Hauptquartier in Tucson hat. Ich bin nicht wirklich die Sorte Mann, die daran glaubt, dass das Universum die eigenen Schritte lenkt oder so etwas, aber es schreit geradezu nach einer Gelegenheit.

Ich könnte mit Jared darüber reden, was ich bin.

Doch noch während ich das denke, verwerfe ich die Idee. Ich bin nicht die Sorte Mann, die bei anderen um Hilfe bittet, und ich will mich diesen Leuten – Wesen – was auch immer sie sind, definitiv nicht anschließen. Sie sind in rechtlich fragwürdige Aktivitäten verwickelt – Käfigkämpfe und wer weiß was sonst noch alles.

Will ich wissen, was passiert, wenn Vollmond ist? Jagen und töten sie, wie ich es tat? Und ist ihre Beute etwas weitaus Bedeutsameres als ein Hase? Es gibt Fragen, bei denen ich mir nicht sicher bin, ob ich die Antwort wissen möchte, nicht wenn ich kaum akzeptieren kann, was ich bin – zu was ich geworden bin.

Andererseits scheint es auch eine besonders dämliche Idee zu sein, mich selbst im Dunkeln zu halten.

Frangelico buchte sich ein Zimmer in einem Resort auf der Westseite der Stadt – Marriott Star Pass. Ich laufe dort hoch und lasse eine Schlüsselkarte von einem Zimmerservicewagen mitgehen, um in sein Zimmer zu gelangen.

Das Zimmer zu verwanzen, ist ein Kinderspiel, aber vermutlich nicht sonderlich nützlich. Ich verstecke Geräte im Saum seiner Kleider und unter der Innensohle seines Schuhs. Doch eigentlich müsste ich das Handy des Kerls in die Finger kriegen. Das ist der beste Ort für eine Wanze und der am schwierigsten zu erreichende.

Als ich höre, dass eine Schlüsselkarte in das Schloss geschoben wird, schlüpfe ich nach draußen auf den Balkon und presse meinen Rücken an die Wand. Es ist wieder mal mein Glück, dass er geradewegs zu mir kommt. Vielleicht hat er gesehen, wie sich der Vorhang bewegte, vielleicht will er nur frische Luft schnappen. Wie auch immer, ich muss verschwinden. Ich lasse mich über die Seite des Balkons fallen und hänge mit den Fingerspitzen von diesem, während er dort steht und schnuppert.

Ja, ich kann ihn schnuppern hören. Mein Gehör hat sich verbessert, seit ich mich letzten Monat zum ersten Mal auf Jareds Befehl hin verwandelte.

Ich atme tief durch die Nase ein und nehme ebenfalls

seinen Duft auf. Mein Geruchssinn ist auch besser geworden. Frangelico riecht merkwürdig – nicht wie eine Person. Eher nach einem kalten, erdigen Geruch. Er ist… falsch.

Ich bewege meine Hände leise um die Ecke des Balkons und lasse mich lautlos auf den Balkon direkt darunter fallen. Ich spüre mehr, als dass ich es sehe, wie sich Frangelico über die Seite beugt, als hätte er meine Bewegung gehört, aber ich husche zurück in die Schatten.

Der Kerl ist definitiv in höchster Alarmbereitschaft. Ich knacke das Schloss der Balkontür und schlüpfe durch das Zimmer dahinter nach draußen. Ich brauche einen Plan, um diesem Kerl auf die Schliche zu kommen, und ich sollte ihn besser gut durchdenken. Er mag nicht von Bodyguards umringt sein, aber der Typ ist wachsam, vielleicht sogar paranoid. Was bedeutet, dass er definitiv in etwas Illegales verwickelt ist.

Ich laufe zügig durch die Gänge des Hotels und nach unten zum Empfang. Indem ich einen meiner vielen gefälschten Ausweise benutze, buche ich mir ein Zimmer für die Nacht – im selben Gang wie seines.

Annabel

„Ms. GRAY? Hier spricht Direktor Scape."

Ich setze mich überrascht aufrechter hin. „Ja, Direktor Scape. Vielen Dank, dass Sie zurückrufen."

„Sie möchten also etwas über Major Gray wissen."

„Das möchte ich. Kannten Sie ihn?"

„Das tat ich." Er lässt die Worte sacken und ein mulmiges Gefühl breitet sich in meinem Bauch aus.

„Ich bin mir sicher, die Informationen sind unter Verschluss, aber können Sie mir erzählen, was er für die CIA gemacht hat? Wie er wirklich gestorben ist?"

Der Direktor schweigt einen Augenblick. „Ms. Gray. Manchmal ist es besser, etwas über einen Verstorbenen nicht zu wissen. Die Geschichte, die Sie gehört haben, ist vermutlich besser als alles, das ich sagen könnte. Warum behalten Sie Ihren Vater nicht einfach als einen Militärhelden in Erinnerung?"

Mir gefällt die Andeutung nicht. Will er damit sagen, dass mein Vater *kein* Militärheld war?

„Was wollen Sie mir damit sagen, Direktor Scape?"

„Ich sage nur, dass Ihr Vater ein Agent war. Sie sind eine Agentin, Ms. Gray, aber Sie haben nie im Außendienst gearbeitet."

„Nein", sage ich schwach. Worauf will er damit hinaus?

„Agenten, die im Außendienst arbeiten, treffen schwere Entscheidungen. Manchmal werden sie abtrünnig und lassen zu, dass ihre eigenen Absichten ihre Taten beeinflussen."

Ich kann plötzlich nicht mehr atmen.

Mein Vater war ein *abtrünniger* Agent? Er machte etwas Falsches? Etwas Schlimmes?

„Ich bin eine Führungsoffizierin für Geheimagenten", sage ich angespannt. „Ich kenne die Dinge, die wir von ihnen verlangen könnten."

„Ja und manchmal drehen Agenten durch, Ms. Gray. Sie ergreifen Maßnahmen, die nicht Teil ihrer Anweisungen waren. Fehler passieren. Das ist es, was ich sage. Die Akten Ihres Vaters sind redigiert. Ich werde Ihnen keinen Zugriff auf diese geben und ich sage Ihnen, wenn ich es täte, würde Ihnen nicht gefallen, was Sie entdecken würden. Vergessen Sie die letzte Mission Ihres Vaters. Behalten Sie ihn als

Helden in Erinnerung, so wie Sie immer von ihm gedacht haben. Das ist mein Rat an Sie."

Mein Magen ist fester gespannt als eine Trommel. „Ich verstehe", sage ich schwach.

„Ms. Gray?"

„Ja, Sir?"

„Wie haben Sie herausgefunden, dass Ihr Vater ein Agent war?"

Mein Puls beschleunigt sich. Ich kann ihm nicht erzählen, dass ich mich in die Datenbank der CIA gehackt habe. Ich werde meinen Job verlieren. „Ich, ähm, fand ein Tagebuch von ihm. Es ist verschlüsselt – er hätte keine Regierungsgeheimnisse aufgezeichnet – aber ich, ich erkannte ein paar der Codeworte." Oh mein Gott, ich bin die schlechteste Lügnerin aller Zeiten.

Scape schweigt einen Augenblick. „Dieses Tagebuch ist Eigentum der Regierung. Sie müssen es mir so bald wie möglich zukommen lassen."

Mein Gehirn sucht verzweifelt nach einer Ausrede „Ich habe es bereits zerstört." Ich bin stolz darauf, wie ruhig und zuversichtlich meine Stimme klingt. „Ich weiß, dass solche Dinge eigentlich nicht existieren sollten."

„Ich verstehe." Ich bin mir nicht sicher, ob er mir glaubt. „Nun, ich will, dass Sie das Ganze vergessen. Hören Sie auf, zu suchen, hören Sie auf, Fragen zu stellen. Verstanden?"

Der Knoten in meinem Bauch löst sich den Bruchteil eines Zentimeters. Irgendetwas an seiner Anweisung ist komisch. „Ja, Sir." Ich tippe wieder leicht auf meine Tastatur.

„Das ist alles." Er legt ohne ein Wort des Abschieds auf.

Ich starre meinen Bildschirm lange Zeit an, ohne irgendetwas zu sehen. Ich bin versucht, meine Schwester anzurufen, um sie zu fragen ob sie sich an irgendetwas erinnert, aber sie wird sich nicht erinnern. Mein Vater wäre nicht so nachlässig gewesen. Wenn ich nichts weiß, dann weiß meine Schwester sicherlich genauso wenig. Und wir werden nie erfahren, was unsere Mutter wusste, denn sie starb letztes Jahr an Eierstockkrebs.

In den Tod meines Vaters war etwas Grässliches involviert. Das ist der einzige Schluss, zu dem ich nach meinem Gespräch mit Direktor Scape gelangen kann. Er hätte mich nicht gewarnt, von der ganzen Sache Abstand zu nehmen, gäbe es nicht irgendein großes Geheimnis, von dem die Regierung nicht möchte, dass es irgendjemand erfährt.

Ich denke über seine Worte nach. *Will* ich wissen, ob mein Vater etwas Schreckliches tat? Etwas Unmoralisches? Etwas, das möglicherweise damit zu tun hatte, dass Unschuldige ihr Leben verloren?

Ich tippe auf meine Tastatur – ein nervöser Tick, den ich wirklich ablegen sollte.

Nun, ich bin kein Mensch, der einfach den Kopf in den Sand steckt. Falls mein Vater etwas moralisch Verderbliches getan hat, will ich es trotzdem wissen. An eine Lüge zu glauben, wird mein Leben nicht besser machen.

Natürlich könnte es mein Leben auch verschlimmern, die Wahrheit herauszufinden.

Aber irgendetwas daran, wie Direktor Scape mit mir sprach, hat mich in die Defensive gehen lassen. Jetzt will ich es wissen, nur weil er es mir verboten hat. Diesbezüglich bin ich stur. Und er ist ein Idiot, wenn er denkt, dass eine CIA Agentin, die dazu ausgebildet wurde, Informationen zu beschaffen, ihre Suche einstellen wird, nur weil er es von ihr verlangt. Vor allem nicht, wenn er gewissermaßen bestätigt hat, dass es etwas zu finden gibt.

CHARLIE

ICH BRINGE den Peilsender an Frangelicos Handy an, indem ich die alte Anrempeln-Taschendieb-Methode anwende, als wir einander in der Bar passieren. Einige Augenblicke später gebe ich es zurück, als ich aus der Herrentoilette komme.

Als ich schließlich wieder in mein Zimmer gelange, um den Sender online zu aktivieren, stelle ich fest, dass er tot ist.

Was vermutlich bedeutet, dass ich aufgeflogen bin. Vielleicht bin ich bereits auf dem Balkon aufgeflogen. Der Kerl scheint definitiv einen sechsten Sinn zu haben.

Ein Gedanke kommt mir, der Gänsehaut über meine Haut kribbeln lässt.

Könnte er einer von… *uns* sein? Bah. Ich kann nicht fassen, dass ich überhaupt *uns* sage. Aber es lässt sich nicht leugnen – ich bin ein Monster wie der Rest von ihnen, ein Mann-Biest, das seine eigenen Dränge nicht kontrollieren kann.

Jared schien anhand meines Geruchs zu wissen, dass ich ein Wolf bin. Ich habe meine neuen Sinne noch nicht so weit verfeinert, dass ich irgendetwas erkennen könnte, aber angenommen, dieser Frangelico Typ könnte es? Angenommen, er roch oder hörte mich dort draußen auf seinem Balkon?

Ich kann mittlerweile den Unterschied zwischen Mann und Frau riechen. Zur Hölle, ich bin mir ziemlich sicher, dass ich den Geruch der Erregung an einer Frau riechen kann. Dieser Gedanke sollte keine Bilder der attraktiven Annabel Gray in meinen Gedanken hervorrufen, doch das tut er.

Ich habe mich zuvor schon mit ihr getroffen – dutzende Male. Aber dieses letzte Mal schien alles so lebhaft zu ein, vielleicht wegen meiner verbesserten Sinne. Die Farbe ihrer langen, dicken Haare – zu einem dunklen Rostrot gefärbt und aus ihrem Gesicht nach hinten gebunden, wobei eine einzelne Strähne über ihre Wange hing. Die Glattheit ihrer Haut, dieses große schwarze Brillengestell, das sie trägt und das ihr dieses sexy Bibliothekarinnen Aussehen verleiht.

Und ihr Geruch.

Um ehrlich zu sein, glaube ich, dass es ihr Geruch war, der mich anlockte.

Sie roch wie… der Himmel.

Ich musste ihr das Eis aus der Hand reißen, denn hätte ich das nicht getan, hätte ich versucht, *sie* zu lecken. Der große böse Wolf, der seine sexy Führungsoffizierin verschlingt.

Ich wollte dieses Neckholder-Top aufbinden und den Stofffetzen, der ihre Brüste bedeckte, in den Sand fallen lassen, und sehen, wie rosa ihre Nippel im Vergleich zu der milchweißen Haut sind. Und dieser Gedanke bringt mich dazu, mir vorzustellen, was ich als Nächstes hätte tun müssen – mit meiner Zungenspitze zwischen ihren Brüsten hinabgleiten, um herauszufinden, ob sie so gut schmeckt, wie sie riecht.

Der nächste Wirrwarr an Bildern, die sich in meinem Gehirn drängen, löst ein Knurren in meiner Kehle aus. Annabel auf ihren Händen und Knien, ich hinter ihr, während ich sie hart reite. Ihre Haare sind wie eine Leine um meine Faust gewickelt.

Meine Fresse. So ein Kerl bin ich nicht. Ich behandle Frauen mit Respekt. Ich werfe sie nicht nach unten und nehme mir, was ich will, wie irgendein… Biest. Fuck. Aber ich bin jetzt ein Biest, oder nicht? Und die Dränge werden nur stärker.

Ist das der Grund dafür, dass mein Vater meine Mutter schwängerte? Hat er sich ihr aufgezwungen? Hatte sie deswegen immer Angst vor ihm? Herrgott, ich wünschte, ich könnte mit ihr reden. Sie fragen, was passierte, aber sie denkt, dass ich vor zehn Jahren im Kampf starb. Die Regierung täuschte meinen Tod vor und gab mir eine neue Identität. Ich kann nicht einfach wie ein Gespenst auftauchen und Antworten verlangen.

Ich ziehe in Erwägung, Annabel jetzt eine SMS zu schreiben, nur um von meiner aktuellen Lage zu berichten, aber das ist dumm. Ich werde nichts berichten, bis der Auftrag erledigt ist, und das ist er mit Sicherheit noch nicht.

Tatsächlich bin ich mir ziemlich sicher, dass ich es vermasselt habe. Was bedeutet, dass mein Leben in Gefahr ist.

Aber das ist nichts Neues.

Was neu ist, ist, dass ich Leute für mehr als Leute halte, für etwas anderes als menschlich. Der Mindfuck, herauszufinden, dass ich ein Werwolf bin, lässt mich an jeder Realität, die ich jemals kannte, zweifeln und bringt mich auf den Gedanken, dass meine Zielperson eine Art Paranormaler sein könnte.

Das ist dämlich.

Er ist ein Krimineller, der weiß, dass ich hinter ihm her bin. Genauso wie jede andere Zielperson. Ich muss nur eine andere Möglichkeit finden, ihn zu verwanzen.

Ich folge ihm aus dem Resort in die Tiefgarage. Und verliere ihn komplett. Ich meine damit, dass er einfach spurlos verschwindet. Kein Auto wird angelassen, ich höre keine Schritte.

Aber er ist fort.

Verdammt.

~

Annabel

. . .

MEIN BOSS, Lucy Tentrite, ruft mich am nächsten Morgen auf der Arbeit an. Ihre Stimme ist angespannt. „Annabel, ich habe gehört, dass Sie Direktor Scape angerufen haben."

„Ja, Ma'am, das stimmt. Es ging um eine persönliche Angelegenheit."

„Ja, den Tod Ihres Vaters. Hören Sie zu, als Ihre Chefin und Freundin werde ich offen und ehrlich mit Ihnen reden. Ich weiß nicht, worin Sie gestochert haben, aber unter uns gesagt, sie mögen es nicht. Ich gebe Ihnen hiermit einen direkten Befehl – geben Sie die Ermittlung auf. Haben Sie mich verstanden?"

„Wow. Okay."

„Sie kennen das Geschäft, in dem wir tätig sind. Wir handeln mit Geheimnissen. Hinter der Sache steckt ein Geheimnis und es übersteigt Ihre Besoldungsgruppe. Es spielt keine Rolle, ob Ihr Vater involviert war. Sie wollen nicht, dass Sie es sehen."

Ich sage nichts, denn wirklich... was antwortet man darauf?

„Sie haben interne Aufzeichnungen durchsucht – Aufzeichnungen, auf die Sie keinen Zugriff hätten haben sollen. Ich könnte Sie dafür feuern. Zur Hölle, ich könnte das *strafrechtlich ahnden* lassen."

Mir stockt der Atem. *Sie haben es herausgefunden.*

„Lassen Sie das Ganze in Ruhe."

„Ja, Ma'am."

„Welche Neuigkeiten gibt es zu Lucius Frangelico?", wechselt sie abrupt das Thema.

„Unser Agent ist noch bei der Arbeit."

„Was dauert so lange?"

Ich habe mich dasselbe gefragt. Dune hat sich bei mir nicht gemeldet, auch wenn das nicht unüblich ist. Er ruft nicht an, bis ein Auftrag erledigt ist. „Ich weiß es nicht. Ich werde es in Erfahrung bringen."

„Tun Sie das. Und halten Sie mich auf dem Laufenden."

„Ja, Ma'am."

Weil ich aufgewühlt bin, nicht weil ich den attraktiven Agenten gerne kontaktiere, schicke ich Dune eine SMS. „Zentrale will ein Update."

Zu meiner Überraschung ruft er sofort an. „Sichere Leitung?"

„Ich wechsle." Ich leite seinen Anruf auf ein Wegwerf-Handy um, das ich für Gespräche mit Agenten habe. „Schieß los."

„Was hältst du über diesen Kerl zurück?"

Ich halte inne, um meine Überraschung zu überspielen. Rasch öffne ich die Akte zu Lucius Frangelico und gehe sie auf der Suche nach hinweisen durch. Ich tippe beim Lesen leicht mit dem Finger auf die Tastatur.

„Annabel?"

Er benutzt schon wieder meinen Vornamen. Ich sollte das nicht so sehr mögen.

„Ich bin hier. Ich versuche nur, herauszufinden, was du meinst."

„Jede Wanze, die ich installiert habe, hat er innerhalb von Minuten zerstört. Das ist keine gewöhnliche Zielperson."

„Okay. Ich sehe, dass er dazu neigt, spurlos zu verschwin-den. Fragwürdiges Kommen und Gehen. Mögliche Morde, bei denen die Opfer eventuell aus nächster *nach* dem Tod erschossen wurden."

„Wie wurden sie dann tatsächlich getötet?"

„Unbekannt. Ihre Gehirne sind für gewöhnlich zerstört. In einem Fall wurde ein Mann enthauptet." Ich kämpfe eine Welle der Übelkeit nieder, als ich die Fotos durchgehe. Und eine Woge der Schuld. Denn ich hätte diesen Fall selbst gründlicher recherchieren sollen, bevor ich Dune losschickte. Ich schätze, ich war zu sehr in meine persönlichen Nachforschungen vertieft.

„Weiß die Organisation, wonach sie hinterher ist, oder ist es eine Ermittlung ins Blaue?"

„Unklar."

„Erlaubnis, Verdächtigen zu töten, falls notwendig?"

Ein Anflug von Furcht kriecht meinen Nacken hoch. Ich bemühe mich, mir keine Sorgen darum zu machen, dass Agenten getötet werden – vor allem, weil ich diejenige bin, die sie losschickt – aber eine düstere Vorahnung durchfährt mich. Dune weiß, dass er in Gefahr ist. Dennoch gebe ich die einzige Antwort, die ich geben kann. „Sie wollen ihn lebend."

Dune flucht leise. „Ich brauche eine andere Technologie. Er sucht nach Wanzen. Alles, das ich bei ihm installiert habe, wurde zerstört."

„Ich werde F&E kontaktieren."

„In der Zwischenzeit werde ich ihn persönlich beschatten."

Die düstere Vorahnung kehrt zurück. „Bist du aufgeflogen, Charlie?" Jetzt benutze ich auch den Vornamen.

Er atmet geräuschvoll aus. „Möglicherweise."

Wieder verspüre ich eiskalte Angst, als würden Finger mein Herz zerquetschen. Ich spreche, ohne nachzudenken: „Komm zurück. Ich werde den Auftrag neu vergeben."

„Die Mission ist noch nicht verloren."

„Komm zurück nach LA. Das ist ein Befehl."

Dune macht ein Geräusch, das wie *huh* klingt, und sagt: „Verstanden."

Ich beende den Anruf und versuche, das schlechte Gefühl abzuschütteln, das ich habe. Ich bin niemand, der an Intuition glaubt, aber es scheint, als würde mir etwas sagen, dass Charlie in Gefahr ist.

Was mich wieder an den Tod meines Dads denken lässt. Ich bin das Ganze noch einmal gedanklich durchgegangen und mir fiel ein alter Freund der Familie ein, Sean Flack. Er war ein Marine wie mein Dad, aber als ich mich bei der CIA bewarb, sagte meine Mom, ich sollte ihn anrufen, weil er der Direktor der CIA geworden war. Ich rief ihn nicht an, denn ich halte nichts davon, auf Vitamin B zurückzugreifen, um einen Job zu kriegen.

Sean war auf der Beerdigung meines Dads. Ich erinnere mich daran, dass er in seinem blütenweißen Anzug dastand und meine Mom tröstete. Nachdem ich mich der CIA angeschlossen hatte, verließ er diese und wurde Politiker. Er ist jetzt Senator.

Ich suche ihn in der CIA Datenbank.

Status: Ausgeschieden. Akte redigiert. Genau wie die meines Vaters. Keine große Überraschung.

Würde er mit mir reden? Ich weiß nicht einmal, wie ich ihn erreichen kann, aber vielleicht war er so gut mit meinem Dad befreundet, dass er mir einige Minuten seiner Zeit schenken wird.

Ich rufe in seinem Büro an. „Ja, hier spricht Annabel Gray, Tochter von Major Jack Gray. Mein Vater und Senator Flack waren Freunde bei der Marine. Ich muss wirklich dringend mit Senator Flack über den Tod meines Vaters sprechen. Würden Sie ihm bitte ausrichten, dass er mich zurückrufen soll?“

„Ich werde die Botschaft ausrichten und sehen, ob der Senator verfügbar ist.“

„Dankeschön.“ Ich hinterlasse meine Nummer und lege auf.

Wenn mich diese Spur nicht weiterbringt, weiß ich nicht wo ich es sonst noch versuchen könnte. Ich vermute, ich werde einfach weiterhin das System zu hacken versuchen.

Oder Langley einen persönlichen Besuch abstatten, um in das Archiv mit den Papierakten einzubrechen.

Ja, klar. Als wüsste ich irgendetwas darüber, wie man Dinge in der Realität stiehlt. Ich bin eine Schreibtischtäterin, nichts weiter. Etwas Derartiges würde die Fähigkeiten eines Geheimagenten erfordern.

Charlie Dunes Fähigkeiten.

Vielleicht bin ich doch bereit, diesen Gefallen einzufordern.

Eine Nachricht blinkt auf meinem Bildschirm auf. Agent in Tucson gefallen. Lucius Frangelico wird des Mordes verdächtigt.

Heilige Scheiße. Das hätte Charlie sein können.

Gott sei Dank, habe ich ihn zurückbeordert.

KAPITEL DREI

harlie

Ich fahre zurück nach Kalifornien und gehe zu meinem kleinen Apartment.

Die Berge rufen mich. Ich verspürte schon in Tucson den Drang, mich zu verwandeln und rennen zu gehen, aber ich riss mich zusammen. Ich war auf einem Auftrag. Jetzt, da nichts meine Zeit füllt, kann ich nicht aufhören, darüber nachzudenken.

Entweder tue ich das oder ich werde Agentin Annabel Grays Tür einschlagen, weil ich ihren Geruch scheinbar nicht aus meiner Nase und die versauten Gedanken nicht aus meinem Kopf kriegen kann.

Fuck. Ich muss mich wieder in den Griff bekommen.

Mein Handy blinkt wegen eines eingehenden Anrufs. Annabels Wegwerf-Handy. „Dune am Apparat."

„Charlie?" Annabel klingt atemlos, verängstigt.

Sofort spielen meine Sinne verrückt – mein Adrenalinspiegel geht durch die Decke, Hitze durchströmt mich. Meine Zellen versuchen, sich neu anzuordnen, als wollte mein Körper Wolfgestalt annehmen. Ich atme scharf ein und zwinge den Drang zurück.

„Annabel? Wo bist du?" Sie hat Peilsender für mich, die ich bereits ausgeschaltet habe, weil die Mission abgebrochen wurde, aber ich habe keine Peilsender an ihr.

„In meinem Apartment. Können wir uns treffen?"

Ich bin bereits aus der Tür und renne zu meinem Fahrzeug. Mein Gehirn geht eine Million Szenarien durch. „Hast du eine Pistole? Kannst du an einen sicheren Ort gehen?"

Ich höre das Zittern, als sie einatmet, aber ihre Stimme ist ruhig. „Ja und ja. Ich glaube schon."

Ich springe in den Truck und lasse ihn an, wobei ich mich selbst verfluche, dass ich dieses Fahrzeug nicht schon längst für ein anderes ausgetauscht habe. „Bist du allein?"

„Ja, aber jemand war hier." Ihre Stimme hebt sich bei dem letzten Wort.

„In Ordnung. Setz dich an einen Platz, von dem du alle Ein- und Ausgänge sehen kannst und lass deine Pistole entsichert und in deiner Hand. Verstanden? Bleib ruhig. Was ist deine Adresse?"

Ich bin erleichtert, als ich höre, dass sie nicht weit von meiner entfernt ist. „Ich werde in zwanzig Minuten da sein. Ruf zurück, falls du irgendetwas hörst oder siehst."

„Okay. Okay. Das werde ich machen." Ich kann die Angst in ihrer Stimme nicht ertragen.

Dass sie mich anrief an Stelle der Cops verrät mir, dass sie in irgendetwas verwickelt ist, was ich bereits vermutete. Und wenn eine CIA Agentin in etwas verwickelt ist, muss es schlimm sein. Denn wir stehen bereits auf unserer eigenen fragwürdigen Seite des Gesetzes.

Gefahr lässt mich normalerweise ruhig werden. Ich bin

die Sorte Mann, die sie im Krieg losschickten, um Bomben zu entschärfen, weil ich unter Druck praktisch seelenruhig werde, aber mir Annabel in Gefahr vorzustellen, sorgt dafür, dass ich vollkommen angespannt bin. Oder vielleicht ist es auch der verdammte Wolf in mir – vielleicht beides. Wie auch immer, ich muss mich gewaltig anstrengen, zu meiner üblichen Ruhe zu finden.

Ich gelange innerhalb von fünfzehn Minuten zu ihr, indem ich listig über die Schleichwege der Stadt fahre. Ich sehe keine Autos, die nach Überwachung aussehen, aber sie könnten überall sein – jemand in einem Apartment auf der Straße gegenüber oder einer der Menschen, die vorbeilaufen. Ich parke um die Ecke und hole zur schnellen Tarnung das Shirt eines Klempners und einen Werkzeugkasten aus dem Kofferraum. Ein leichtes Humpeln annehmend, mache ich mich auf den Weg zu dem Gebäude.

Es ist ein Apartmentgebäude, bei dem sich alle Türen zu einem außenliegenden, halb offenen Gang öffnen. Ich nehme die Betonstufen, die an der Seite nach oben führen, wobei ich hinke, als würde mir meine Hüfte Probleme bereiten. Als ich ihr Apartment finde, klopfe ich. „CD Klempner", sage ich in der Hoffnung, dass sie verstehen wird, dass *CD* für *Charlie Dune* steht. Wir haben einen Codesatz, aber aus irgendeinem Grund, will ich ihn nicht benutzen.

Mein seit kurzem besseres Gehör nimmt Bewegung im Inneren war. Sie muss direkt hinter der Tür sein. Ich hebe den Schild meiner Kappe hoch, sodass sie meine Augen durch den Türspion sehen kann. Sie zieht die Tür mit einem hörbaren Ausatmen auf. Sie hat eine Pistole in der Hand, die von der Regierung zur Verfügung gestellt wurde, und trägt einen Geschäftsanzug, als sei sie gerade erst nach Hause gekommen.

„Sie haben ein Leck, Ma'am?" Ich trete in ihr Apartment und warte darauf, dass sie die Tür schließt. Das Apartment wurde demoliert – Bücher wurden aus Bücherregalen gezogen, Schränke geleert. Jemand war nach etwas auf der Suche. In dem Moment, in dem ich eintrete, lasse ich die Klempnerwerkzeuge fallen und ziehe meine Pistole, um zu überprüfen, dass das Apartment auch wirklich sauber ist, obwohl es das sein muss. Erst als ich mir sicher bin – dank meiner herkömmlichen Methoden und meines sich verbessernden Geruchsinns – spreche ich.

„Was ist hier los?"

Trotz ihrer Angst ist sie ganz geschäftsmäßig. Ich hätte auch nichts Geringeres von Agentin Gray erwartet. Sie ist eine kluge und fähige junge Frau.

„Trat durch die Eingangstür ein. Fand sie unverschlossen vor. Charlie – schau dir das an." Sie führt mich zum Schlafzimmer und deutet auf ein gerahmtes Foto, das auf ihrem Kissen liegt. Zuerst denke ich, dass es sie mit einem Jungen zeigt, der ihr Sohn sein muss, doch dann realisiere ich, dass ihr die Frau auf dem Foto nur ähnelt – muss also eine Schwester sein.

„Irgendwelche Fingerabdrücke?"

„Ich habe es nicht angefasst. Ich habe gar nichts angefasst. Ich habe nur dich angerufen."

Ich sollte mich deswegen nicht einen Kopf größer fühlen, aber das tue ich.

Ich gehe zurück zu meinem Klempner-Werkzeugkoffer und hebe den einfachen Werkzeugträger weg, um meine spezielleren Werkzeuge zu enthüllen. Ich bestäube das Foto, um nach Fingerabdrücken zu suchen, doch es sind keine darauf zu finden. Das Gleiche gilt für den Griff der Eingangstür.

„Wonach suchen sie?"

Furcht blitzt in ihren Augen auf, aber sie schüttelt den Kopf. „Ich weiß es nicht."

Eine Lüge.

„Fehlt irgendetwas?"

„Nein."

„Wer ist auf dem Foto?"

Tränen treten sofort in Annabels Augen und sie wendet sich ab, um sie zu verbergen. „Meine Schwester Sarah und mein Neffe Grady. Und Dune –" Sie atmet zitternd ein. „Ich kann sie nicht auf ihrem Handy erreichen."

Ich nehme ihre Schultern und drehe sie wieder zu mir. „Das Foto ist eine Warnung. Worum geht es hier?"

Sie blinzelt schnell und ihre Kehle arbeitet. „Ich habe etwas recherchiert. Etwas Persönliches. Sie haben mir gesagt, ich solle aufhören."

„Und du hast nicht aufgehört."

Sie nickt.

„Die *Organisation* hat dir gesagt, dass du aufhören sollst." Ich will mich vergewissern, dass wir es hier wirklich mit der CIA zu tun haben.

„Richtig."

„Okay, das ist eine klassische Einschüchterungstaktik." Ich tigere durch den Raum und suche nach weiteren Hinweisen. „Es ist eine Warnung, keine direkte Maßnahme. Hätten sie deiner Schwester und Neffen wirklich geschadet, wüsstest du es. Also sind sie irgendwo. Wir müssen sie finden und außer Reichweite bringen."

„In Ordnung. Gut." Annabels Schultern senken sich langsam und ihre Lippen hören zu zittern auf. „Ich bin froh, dass ich dich angerufen habe – wirklich froh."

Ich betrachte sie. „Ich würde das für dich tun, auch wenn ich dir keinen Gefallen schuldig wäre. Das solltest du wissen. Aber Annabel?"

„Ja?" Sie hebt ihre grauen Augen, um in meine zu blicken.

„Ich muss die ganze Geschichte wissen. Was du recherchiert hast – wer involviert ist."

Sie tritt einen kleinen Schritt nach hinten und neigt ihren Körper von meinem weg. „Es ist eine interne Sache. Du musst es nicht wissen, um meine Familie beschützen zu können."

Das Knurren, das aus meiner Kehle dringt, überrascht mich. Es ist ein Tierlaut. Ich packe sie am Arm und wirble sie zu mir herum.

„Das hier ist kein Auftrag. Es ist persönlich – für dich und für mich. Du kannst diesen *musst es nicht wissen* Schwachsinn nicht bei mir abziehen."

Ihre Lippen pressen sich zusammen. Ich glaube nicht, dass rot ihre natürliche Haarfarbe ist, aber sie besitzt jedenfalls eine Sturheit, die zu ihren hübschen rotbraunen Locken passt.

„Das wird dich nur in noch größere Gefahr bringen."

Ich lache bellend, laufe zu ihr und dränge sie nach hinten, bis sie gegen die Wand knallt. Ich stütze mich mit einer Hand neben ihren Kopf und keile sie so ein.

„Es gibt eine Sache, die ich von dir nicht akzeptieren werde, Annabel – Lügen."

Ich schwöre bei Gott, ihre Augen weiten sich, als wäre sie angetörnt anstatt verängstigt. Ich weiß nicht, ob es zuvor meine Absicht war, sie anzutörnen, aber jetzt ist es das auf jeden Fall. Ich presse mich nach vorne, noch mehr, und erlaube meiner Körperhitze über ihre zu streichen.

„Du bist diejenige, die hier in Gefahr ist, nicht ich. Du und deine Familie. Tu nicht so, als würde ich Schutz brauchen, Süße. Wenn du meine Hilfe willst, musst du alle Karten auf den Tisch legen. Ansonsten laufe ich jetzt aus dieser Tür."

Es stimmt nicht. Auf keinen Fall würde ich Annabel allein mit ihren Schwierigkeiten lassen und ohne Schutz, aber hoffentlich kennt sie mich nicht gut genug, um das mit Sicherheit sagen zu können.

Ich bin ein hochqualifizierter Sonderermittler. Ich spreche zwölf Sprachen fließend, kenne dreiundfünfzig Arten, auf die ich einen Mann mit bloßen Händen töten kann, aber nichts in meiner Ausbildung bereitete mich auf Annabel vor, die meinen Mund nach unten auf ihren reißt, als hinge ihr Leben davon ab.

Man soll mir jedoch nicht nachsagen, ich wäre langsam. Ich ziehe ihr das Shirt und BH innerhalb von fünf Sekunden aus, während sie meine Unterlippe in ihren Mund zieht. Eines ihrer langen Beine liegt um meine Taille und sie reibt ihre heiße Pussy an meinem Schwanz.

Natürlich betrachte ich das hier von allen Seiten. Ich bin nicht dumm. Es könnte ein kalkulierter Schachzug sein, um mich von meiner Frage abzulenken. Oder eine noch fiesere Masche – vielleicht ist die ganze Sache eine Falle, um mich in ihr Apartment zu locken und mich wegen irgendetwas dranzukriegen. Aber ich schmecke Verzweiflung in ihren Küssen, wildes, rasendes Verlangen.

Wenn ich meinem Bauchgefühl trauen kann, dann würde ich sagen, dass Annabel aufgebracht ist und diese Erleichterung braucht. Und wenn ich mich irre? Nun, ich werde mit so gut wie allem klarkommen, das sie versuchen könnte. Ich bin dem Tod buchstäblich hunderte Male von der Schippe gesprungen. Ich umfasse ihre Brüste und stoße meinen harten Schwanz gegen die Stelle zwischen ihren Beinen. Ihr Geruch dringt in meine Nasenlöcher und ich spüre, dass sich das Monster in mir gegen die Käfigstangen wirft.

Ihre weichen Lippen bewegen sich, als hinge ihr Leben von dem Kuss ab – schnelle, hungrige Drehungen und

Ziehen. Ihr kurzer Rock rutscht ihre Taille hoch, sodass sich nur noch ein dünnes Höschen zwischen mir und ihrer köstlichen Pussy befindet.

„Brauchst du es, dass ich dich vögle?", raune ich an ihrer Kehle, während sie über meinen Hals küsst und in meine Schulter beißt.

Sie schüttelt den Kopf, als würde sie sich aus irgendetwas reißen. „Äh, ich weiß nicht." Plötzlich ist sie wieder unsicher, verlegen und verängstigt.

Nein.

Das werde ich nicht zulassen. Sie wollte etwas von mir und ich werde es ihr geben. Ich umfange ihren Hintern und halte sie in der perfekten Position.

„Sag *Nein*, wenn du möchtest, dass ich aufhöre", knurre ich an ihrem Ohr. „Ansonsten werde ich dir beim Vergessen helfen. Dir Erleichterung verschaffen."

„Ja", haucht sie. „Lass mich vergessen. Nur für einen Augenblick."

Das ist das Einzige, das ich brauche. Ich schiebe sie an der Wand höher, sodass meine Lippen ihren kecken Nippel erreichen. Er ist pfirsichrosa – genau wie ich ihn mir vorstellte, so perfekt und zart. Ich sauge daran, bis er hart wird, dann gebe ich ihn frei und schnalze mit meiner Zunge dagegen.

Ihre Finger vergraben sich in meinen Haaren, sie biegt ihren Körper durch und stöhnt. Ihr Atem geht schnell und entweicht ihr bei jedem Ausatmen als leiser bedürftiger Schrei.

Scheiß drauf. Vielleicht ist das die richtige Zeit, um ein Tier zu sein. Ich schüttle ein Kondom aus meiner Brieftasche, während Annabel mich mit ihren Lippen und Zähnen attackiert.

„Herrgott, Annabel", fluche ich. „Herrgott." Ich hole

meinen Schwanz raus und streife das Kondom über, während ich sie weiterhin an die Wand presse, was, da bin ich mir ziemlich sicher, mehr Fähigkeiten erfordert, als sie der Durchschnittstyp hat.

„*Jetzt*, Charlie."

Oh Gott. Ich liebe es, dass sie mir gegenüber herrisch wird. Ihre Verzweiflung zerrt an mir und füllt mich mit dem Verlangen, sie zu befriedigen, wie es noch kein Mann vor mir je getan hat. Aber dafür habe ich keine Zeit. Das hier wird auf diese verrückte, leidenschaftliche Art befriedigend sein müssen.

Ich schiebe ihr Höschen zur Seite. Ein Stoß und ich bin tief in ihr. Sie würgt an ihrem Keuchen und ich stoppe, schalte irgendwie einen Gang runter. „Bist du okay?", gelingt es mir zu sagen.

„*Beweg dich*, Charlie. Bitte."

Ja, Ma'am. Das ist die einzige Ermutigung, die ich brauche. Ich vögle sie hart an der Wand, ramme mich mit jedem Stoß in sie und halte sie gefangen, sodass ich jedes Mal noch tiefer in sie dringen kann.

„Ist es das, was du brauchst, Süße?"

Sie gräbt ihre Nägel in meinen Nacken und schüttelt den Kopf. „Härter. Härter. Mach, dass es wehtut."

Mach, dass es wehtut?

Mein Verlangen, sie zu befriedigen, kollidiert mit dem Südstaaten-Gentleman in mir, dem respektvollen Soldaten. Die Befriedigung gewinnt – oder vielleicht ist es auch mein gottverdammter Wolf. Wie auch immer, ich bin nicht mehr in der Lage, mich zurückzuhalten. Ich vögle sie so hart, dass ich überrascht bin, dass ich mit ihrem Hintern kein Loch in die Wand ramme, und sie nimmt es hin. Sie akzeptiert jeden brutalen Stoß, bis sie sich an mich krallt, schreit und inkohärent brabbelnd bettelt.

Ich drücke ihre Brust, zwicke ihren Nippel. Als ich ihn drehe und ziehe, kommt sie, wobei sich ein jammernder Schrei aus ihrer Kehle löst.

Ich komme ebenfalls, stoße mich tief in sie und verharre während meines Höhepunktes dort.

Wir atmen gemeinsam, die Gesichter einander zugewandt, die Münder berühren sich, aber wir küssen uns nicht. Ich nehme ihren Herzschlag wahr, der gegen ihre Brust donnert. Ihr Geruch verzehrt mich. Obwohl ich sie bereits hatte, verspüre ich den wahnsinnigen Drang, meinen gesamten Körper an ihrem zu reiben und sie mit meinem Geruch zu bedecken – sie zu markieren, sodass andere Männer wissen, dass sie sich von ihr fernhalten sollen.

Aber das ist irre.

~

Annabel

DAS ZIMMER DREHT SICH. Mir ist schwindlig von dem Orgasmus oder vielleicht von der Hitze – ich kann es nicht sagen. Zum Glück lässt mich Charlie nicht los. Er fixiert mich weiterhin an der Wand und sein Glied füllt mich nach wie vor, während wir beide keuchen, um wieder zu Atem zu kommen.

Seine Augen sehen wieder blau aus, obwohl jetzt kein Sonnenlicht in sie scheint.

Ich fühle mich nicht schuldig, dass ich gerade Sex hatte, während meine Schwester und Neffe vermisst werden. Zur Hölle, wenn überhaupt kann ich es damit begründen, dass ich es *für* sie tat. Zuvor konnte ich nicht denken, da ich vor Furcht so durcheinander war. Ich brauchte das hier.

Und wenn ich der hinterhältige Typ Mensch wäre, was ich nicht bin, würde ich sagen, dass es ein kluger Schachzug war, Charlie näherzukommen und sein Mitgefühl zu gewinnen. Aber deswegen habe ich es nicht getan.

Ich weiß nicht, warum er es getan hat, und es ist mir auch egal. Ich werde nicht mehr von ihm verlangen. Werde keine Beziehung erwarten – die er mir ohnehin nie geben könnte. Ich brauchte nur diesen menschlichen Kontakt. Musste nur seine Unterstützung auf diese instinktive, kathartische Weise spüren.

Nach einigen Momenten zieht er sich aus mir und senkt mich auf meine Füße. Als er meinen Rock gerade zupft, zieht sich meine Brust ein wenig zusammen, weil ich so umsorgt werde. Es ist sehr lange Zeit her, seit irgendjemand irgendetwas für mich gemacht hat.

„Bist du bereit, zu reden Baby?" Er lehnt seine Stirn an meine, während er das Kondom geschickt entfernt und seine Hose mit einer Hand zuknöpft.

Es ist keine richtige Frage, es ist eine Forderung. Entweder rede ich oder er geht. Ich liebe es, wie herrisch er ist – dass es ihm gelingt, gleichzeitig respektvoll zu bleiben.

„Okay", krächze ich.

Er geht, um das Kondom zu entsorgen, und ich spüre seinen Verlust akut. Ich habe zwar noch die Wand, die mich aufrecht hält, dennoch wird mich nun nichts mehr daran hindern, an dieser nach unten zu rutschen und zu einem kleinen verängstigten Häufchen auf dem Boden zusammenzubrechen.

Doch dann ist er zurück und reicht mir seine Hand. Er führt mich zu meinem Sofa, drückt mich auf dieses und zieht den Polsterhocker heran, sodass er direkt vor mir sitzt – Vernehmer zu Gefangenem.

Nein, das ist das hier nicht. Mein Widerwille, ihm zu

erzählen, dass mein Vater etwas Schlimmes getan haben könnte, ist kein vernünftiger Grund, um weiterhin zu schweigen. Er wird mir helfen. Ich kann ihm sagen, was ich weiß. Ich fahre mit meinen Fingern durch meine Haare, die nach unserer Eskapade an der Wand einem Vogelnest gleichen müssen.

„Ich habe herausgefunden, dass mein Dad bei der CIA war. Ich dachte, er sei im Dienst gestorben, aber ich vermute, dass das nur eine Tarnung war. Er war auf irgendeiner Mission in El Salvador."

Charlie beobachtet mich und sein gesamter Körper hat diese stets wachsame Haltung angenommen. Er ist so reglos – da ist kein Zappeln, keine Bewegung, beinahe wie ein Raubtier, kurz bevor es zuschlägt.

„Ich schnüffelte ein wenig herum und versuchte, in redigierte Akten zu gelangen – das Gleiche, das ich für dich bei den Laborfeuer-Fällen tat, nur dass ich nicht viel rauskriegen konnte. Also wurde ich dreist und tätigte einige Anrufe."

Charlie schürzt seine Lippen. „Und?"

„Ich rief Direktor Scape an. Er sagte mir, ich solle das Ganze vergessen. Dass mir vielleicht nicht gefallen würde, was ich finden könnte. Ich solle keine schlafenden Hunde wecken, diese Sorte Sache."

Charlie rührt sich noch immer nicht.

„Am nächsten Tag erhielt ich einen Anruf von Agentin Tentrite. Sie sagte mir, dass sie mich strafrechtlich verfolgen wird, wenn ich mich noch einmal in interne Dateien hacke."

Er verdaut diese Information und wartet. Er ist niemand, der ein Wort zu viel sagt, dieser Kerl.

„Heute Morgen rief ich Senator Flack an. Er war bei der Beerdigung meines Vaters. Sie waren Freunde. Er rief nicht zurück. Als ich nach Hause kam, fand ich das hier." Ich deute auf das verwüstete Apartment und das Schlafzimmer mit dem Foto. Tränen treten mir erneut in die Augen, während die Furcht um meine Schwester und Neffen schlagartig zunimmt.

„Aber wonach suchen sie hier? Hast du irgendetwas ausgedruckt? Dateien transferiert?"

Ich erschaudere. Diese Tatsache anzuerkennen, macht alles so viel realer. „Ich behauptete, ich hätte ein Tagebuch meines Vaters gefunden. Das stimmte nicht, aber ich wollte nicht zugeben, dass ich mich in Dateien gehackt hatte."

Charlie schürzt seine Lippen und nickt. „Also wollen sie das Tagebuch. Sie werden eventuell nicht aufhören, bis sie es kriegen."

„Ich habe es nicht!" Meine Stimme hebt sich um eine Tonlage, bevor ich mich zwinge, einzuatmen.

Mein Handy klingelt und ich reiße es an mich. „Sarah!", kreische ich, als ich den Namen meiner Schwester auf dem Display sehe. Ich wische nach rechts und nehme das Gespräch an. „Oh mein Gott, wo warst du?"

„Hey Mädel!" Ich höre nichts außer Freude in ihrer Stimme. „Wir sind hier! Kann es nicht erwarten, Disneyland zu erkunden."

„W-was?"

„Was für eine unglaubliche Überraschung. Grady ist hin und weg. Vielen Dank, dass du das hier organisiert hast, aber beim nächsten Mal würde eine kleine Vorwarnung helfen. Ich hatte ein großes Projekt bei der Arbeit und musste mich krankmelden, um hierherzukommen."

„Warte, wo bist du?" Ich stehe auf und schnappe mir bereits meine Handtasche. Dune ist direkt hinter mir, als hätte er jedes Wort gehört.

„Wir sind schon in Anaheim. Wir haben den Shuttlebus des Hotels genommen, uns eingecheckt und sind direkt zum Park gegangen. Hast du nicht gesagt, dass wir uns am *Space*

Mountain treffen? Warum eigentlich diese Geheimniskrämerei?"

„Äh, also seid ihr jetzt beim *Space Mountain*?"

„Yeah, aber ich sehe dich nicht."

„Richtig. Ich bin noch nicht da, aber ich bin auf dem Weg."

„Sag ihr, dass sie in der Menge untertauchen soll", flüstert Dune.

„Wartet nicht auf mich. Fahrt ein paar Bahnen und ich rufe dich an, wenn ich dorthin komme. Okay? Beschäftigt euch und ich finde euch schon."

„Wann wirst du mir erzählen, worum es bei dem Ganzen geht? Warum die große Überraschung?"

„Geh!", brülle ich praktisch, dann reiße ich mich zusammen. Das Handy meiner Schwester wird vermutlich abgehört. Mein Handy wird vermutlich abgehöhrt. „Bis bald."

„Okay, meinetwegen! Bis bald." Sarah legt auf und ich packe Dunes Arm.

„Sie haben meine Schwester", wispere ich mit erstickter Stimme.

„Nein. Sie wollen dich nur psychisch fertigmachen." Er schüttelt den Kopf und berührt meine Schulter. „Würden sie ihr wehtun wollen, hätten sie das getan. Das hier ist ein ausgeklügeltes Spiel, um dir Angst einzujagen. Entweder das oder sie haben vor, sie als Geisel zu nehmen und gegen das nicht existente Tagebuch auszutauschen."

Ich starre ihn an, während mein Herz wie wild hämmert. „Das wird einfach immer schlimmer und schlimmer", flüstere ich. „Und in der Minute, in der ich dich herholte, erklärte ich ihnen den Krieg."

„Yeah", er nickt grimmig. „Also werden wir jetzt zu Sarah und Grady gehen, bevor sie es tun." Er nimmt mir das Handy aus der Hand, lässt es auf den Boden fallen und tritt darauf, womit er die Elektronik zerstört. „Ab jetzt nur noch das Wegwerfhandy."

Ich nicke.

„Du gehst zuerst. Nimm meine Schlüssel. Mein Truck ist an der Straße südlich des Gebäudes geparkt. Steig ein und fahr zur Westseite. Hol mich dort ab. Wir treffen uns in zweieinhalb Minuten."

Ich muss mich zwingen, ihn wegen der Präzision seiner Anweisungen nicht mit offenem Mund anzustarren. Es ist keine Zeit zum Staunen. Ich habe zweieinhalb Minuten, um seine Befehle auszuführen. Ich gehe in zügigem Tempo aus meinem Apartment und die Treppe nach unten. Ich bin paranoid, weshalb jeder einzelne Mensch, den ich sehe, wie ein Agent aussieht, der mich beobachtet – sogar die kleine alte Dame, die ihren Zwergschnauzer spazieren führt.

Niemand stoppt mich. Ich steige in den Truck, lasse ihn an und fahre zur Westseite. Charlie taucht aus dem Nichts auf und steigt ein. Er leitet mich durch die Straßen von Los Angeles nach Anaheim.

Ich bin ein nervöses Wrack, aber seine ruhigen, kurzen Anweisungen sorgen dafür, dass ich bei Verstand und konzentriert bleibe. Er klappt die Sonnenblende auf der Beifahrerseite nach unten und benutzt den Spiegel darin, um die Vorgänge hinter uns zu beobachten.

„Bieg in diese Gasse", befiehlt er scharf.

Ich kreische und nehme die Abzweigung, wobei meine Reifen über den Asphalt quietschen. „Werden wir verfolgt?"

„Positiv."

Er zieht seine Pistole und entsichert sie.

„Was machst du denn?", heule ich. Die Dinge sind zu schnell außer Kontrolle geraten. Ich weiß, dass Schusswechsel vorkommen. Ich weiß, dass Autoverfolgungsjagden vorkommen, aber normalerweise bin ich dabei nicht involviert. Er kurbelt das Fenster runter und zielt auf das Auto, das hinter uns in die Gasse gebogen ist.

„Ich bremse ihn nur aus." Er feuert und das Auto hinter uns gerät ins Schleudern.

„Bieg rechts ab zurück auf die Hauptstraße. Tritt aufs Gaspedal", befiehlt er.

Sie erwidern das Feuer, während ich die Biegung nehme, aber nichts trifft uns.

„Hast du jemanden erschossen?" Ich weiß, ich klinge nicht wie eine CIA Agentin, aber ich verfalle hier recht schnell in einen Schockzustand.

„Nein, ich habe in ihren Reifen geschossen. Ich werde auf keinen aus unseren Reihen schießen, außer ich bin mir sicher, dass derjenige einen von uns töten wird. Und ich glaube nicht, dass sie die Befehle dafür haben."

„D-das könnte jemand sein, den wir kennen." Der Gedanke kommt mir plötzlich, woraufhin sich mein Magen verknotet. Es ist nicht irgendein namenloser Feind.

„Ja. Ich konnte ihre Gesichter nicht sehen, aber das ist ein weiterer Grund, aus dem ich denke, dass wir relativ sicher sind. Wäre ein Tötungsbefehl erteilt worden, würden wir es wissen."

Er spricht mit solcher Gewissheit. Ich muss darauf vertrauen, dass er weiß, was hier vor sich geht. Er ist normalerweise der Kerl, der die Verfolgung übernimmt.

Ich brauche eine Stunde, um nach Anaheim zu gelangen. Wir parken und steigen aus. „Weißt du, was am Schlimmsten an der ganzen Sache ist?"

„Was?", fragt Charlie, dessen Blick über den Parkplatz, den Park und jeden Zentimeter unserer Umgebung schweift.

„Ich habe mit Sarah darüber gesprochen, mit Grady nach Disneyland zu gehen, seit ich vor drei Jahren hierhergezogen bin. Ich habe es nie auf die Reihe gekriegt und jetzt –"

„Jetzt geht es ihnen gut. Du wirst eine Gelegenheit erhalten, später mit ihnen dorthin zu gehen."

Ich lehne mich an seine ruhige Autorität. Hoffe bei Gott, dass er recht hat.

„Jetzt wirst du deine Schwester anrufen. Versuche, einen Treffpunkt mit ihr zu vereinbaren, ohne ihn zu benennen, wenn du kannst."

Meine Finger zittern, als ich die Nummer meiner Schwester wähle.

„Hallo?" Sie erkennt die Nummer des Wegwerfhandys nicht.

„Hey, ich bin hier. Wir treffen uns bei der Bahn, in der ich mich übergeben habe, als ich klein war." Ich beende den Anruf, bevor sie antworten kann.

Charlies Lippen zucken. „Gut gemacht." Er zieht mir meine Anzugjacke aus und reißt meine Bluse auf, wobei sämtliche Knöpfe davonfliegen.

„Hey!", kreische ich, obwohl ich weiß, was er macht.

„Tut mir leid. Ich werde dir eine neue kaufen", sagt er. Er verknotet die zwei Enden der Bluse an meiner Taille, sodass mein Unterhemd vorne zu sehen ist. Dann rollt er den Bund meines Rocks ein paarmal nach unten, wodurch die Länge meines Rocks um mehrere Zentimeter verkürzt wird. Er reicht mir seine Baseballkappe. „Besteht irgendeine Möglichkeit, dass du all deine Haare da drunter stopfen kannst?"

Ich vermute, meine langen Haare dunkelrot zu färben, war nicht meine klügste Idee. Viel zu leicht zu erkennen. Ich verdrehe meine Haare zu einem Dutt auf meinem Kopf und ziehe die Kappe darüber. Sie passt nicht ganz – meine Haare sind zu viel für die Kappe – aber wenigstens sind sie bedeckt.

„Brauchst du die Brille zum Sehen?", fragt er und macht sich daran, sie mir abzunehmen.

„Ja." Ich rucke außer Reichweite.

Seine Lippen zucken erneut. „In Ordnung. Zieh die Kappe tief ins Gesicht." Er wirft sein Klempnershirt in den Truck und verwandelt sich in einen heißen Disney-Dad in einem türkisenen Shirt und Jeans. Er kauft uns Eintrittskarten und wir gehen in den Park.

„Ich tippe mal auf den *Space Mountain*." Er zieht seine Augenbrauen fragend und mit leicht belustigter Miene hoch. Es ist schön, ihn ohne die ausdruckslose Superagentenmiene zu sehen. Schön, zu wissen, dass ein echter Kerl unter der Kriegerrüstung steckt.

Ich lasse ein nervöses Lachen entwischen. „Um ehrlich zu sein, nein. *It's a Small World.*"

„Ach komm, du machst wohl Witze." Obwohl wir miteinander scherzen, laufen wir schnell, joggen fast schon. Meine Hand liegt in seiner, als wären wir ein Paar auf einem Date, und er lächelt mich aufmunternd an, als würden wir rennen, weil er es nicht erwarten kann, mir etwas zu zeigen, nicht weil hier unschuldige Leben auf dem Spiel stehen.

Kluger, kluger Mann.

„Nein. Ich aß zu viel Eis und mir wurde zu heiß. Ich übergab mich noch in dem Boot."

Charlie verzieht das Gesicht, während er uns geschickt durch die Menschentrauben steuert. Wir sind von Musik und dem Lärm von Leuten umringt, den Gerüchen von Süßigkeiten und Körperausdünstungen. Er bringt uns in Rekordzeit zu der Bahn.

„Dort!", deute ich. Meine Schwester und Grady stehen vor der Bahn. Sarahs Arme sind vor ihrer Brust verschränkt und ihr Gesicht ärgerlich verzogen.

Charlie lässt seinen Blick schweifen, scannt die gesamte Gegend. „Du nimmst Grady. Ich nehme deine Schwester. Wir treffen uns in zehn Minuten beim Truck."

Mein Gehirn überschlägt sich in dem Versuch, mit seinen

Befehlen mitzukommen. Okay, also trennen wir uns. Guter Plan. Charlie geht bereits auf Sarah zu.

„Sarah!", ruft Charlie, als wären sie alte Freunde. Er öffnet seine Arme weit für eine Umarmung. Sarah blickt mich über seine Schulter verwirrt an, kurz bevor er sie in seine Arme nimmt.

„Hey, Grady!" Mein Neffe rennt zu mir, um mich zu umarmen. „Komm, ich will dir die beste Bahn aller Zeiten zeigen."

„Ich wollte den *Splash Mountain* fahren", protestiert er. „Und wir mussten schon aus der Schlange treten, um uns hier mit dir zu treffen."

Charlie hat bereits etwas zu Sarah gesagt und ist mit ihr fortgelaufen. Sie weiß, wo ich arbeite. Falls er ihr gesagt hat, dass sie in Gefahr ist, und weil er mit mir aufgetaucht ist, sollte sie eigentlich mitmachen. Hoffentlich kann ich Grady auch dazu überreden, auf mich zu hören.

„Grady, Grady hör zu." Ich gehe in die Knie, um ihm in die Augen zu schauen. Er ist acht Jahre alt und ein kluges Kind, er wird es verstehen. „Wir stecken in Schwierigkeiten. Jemand ist hinter dir und deiner Mom und mir her. Also musst du jetzt so tun, als würden wir zu einer Bahn gehen, aber in Wirklichkeit, werde ich uns hier so schnell wie möglich rausführen. Verstanden?"

Sein Gesicht erbleicht, aber er nickt und trottet sofort ohne weiteren Protest neben mir her.

Braves Kind.

Ich sehe einen Mann, der sich von einer Brüstung in der Nähe abstößt und hinter uns herläuft.

Scheiße.

Ich zerre Grady in einen Süßwarenladen, dann eile ich durch den Ausgang auf der anderen Seite.

Mein Verfolger ist noch da.

„Okay, Grady, sie folgen uns. Irgendwelche Ideen?" Kinder sind viel klüger als die Meisten denken. Und manchmal haben sie Ideen, auf die ein Erwachsener nie kommen würde.

Er rennt in Höchstgeschwindigkeit davon. Nun, das ist auch eine Möglichkeit. Ich renne, um ihm folgen zu können.

Der Kerl hinter uns joggt auch, um mitzuhalten.

Grady schlängelt sich zwischen den Leuten durch. Ich verliere ihn beinahe aus den Augen und muss mich anstrengen, um mit seinem flinken Gewusel mitzuhalten.

Wir gelangen in eine dichtere Menschenmenge und... die sechs Uhr Parade.

Genial.

Ich weiß nicht, ob uns Grady absichtlich hierhergeführt hat, oder ob es nur Glück war, aber es ist der perfekte Ort, um zu verschwinden. Ich folge meinem Neffen, während er sich durch die Menge schiebt, und dann sind wir wie durch ein Wunder am Eingang.

„Großartig gemacht, Kumpel. Hier lang." Ich führe ihn zum Truck und hoffe, dass Sarah und Charlie genauso großes Glück hatten.

Als ich mich dem Truck nähere, entdecke ich Charlie, der an einem anderen Auto lehnt und Sarah küsst.

CHARLIE

EIN KERL STEHT UNGEFÄHR fünfzig Meter entfernt und überwacht den Parkplatz. Ich küsse Sarah zur Tarnung genau in dem Moment, in dem Annabel ankommt.

Nur damit das klar ist, sie mögen zwar Schwestern sein,

aber Sarah schmeckt weder wie Annabel noch riecht sie wie sie. Mein Körper verspürt nicht diese animalische Reaktion, die ich auf Annabel habe. Was bedeutet, dass das Begehren, das ich nach ihr empfinde, nicht nur dem erwachenden Wolf in mir geschuldet ist. Es steckt noch mehr hinter dieser Anziehungskraft.

Während ich mich um den Kuss kümmere, halte ich einen elektrischen Dietrich an das Türschloss des Lexus SUV, an dem wir lehnen. Wir können nicht mit dem Truck von hier wegfahren, wenn wir hoffen, ungesehen zu entkommen.

Ich unterbreche den Kuss, als die Tür piept, und ziehe sie auf. „Steig ein", befehle ich in der gleichen leisen, ruhigen Stimme, die ich für jeden Befehl nutze, wenn ich unter Druck stehe.

Ich nehme den Fahrersitz, denn dieses Mal müssen wir jegliche Verfolger, die wir anziehen, wirklich loswerden. Außerdem glaube ich nicht, dass ich gezwungen sein werde, eine Pistole abzufeuern. Zum Teufel, ich sollte besser keine Pistole in der Nähe von Disneyland abfeuern müssen. Ich bin ein exzellenter Schütze, aber in der Gegenwart unschuldiger Kinder dieses Risiko eingehen zu müssen, würde mich umbringen.

Annabel und Grady springen Sekunden später in den Wagen. Sie nimmt den Beifahrersitz und funkelt mich finster an. Ich benutze das gleiche Gerät, um das Auto anzulassen und aus Disneyland zu fahren, wobei ich auf meine Geschwindigkeit achte, damit ich keine Aufmerksamkeit auf uns lenke.

„Ich mag dein Auto", sagt Grady.

„Das ist nicht seines", brummelt Annabel. Sie richtet ihren Blick auf mich. „Hast du gerade meine Schwester geküsst?"

„Yeah, kennt ihr euch überhaupt?", fragt Grady vom Rücksitz.

„Es war ein vorgetäuschter Kuss, Schatz", gluckst Sarah trocken, „weil uns jemand beobachtet hat."

Annabel durchbohrt mich noch immer mit bösen Blicken, was mich, wie ich zugeben muss, antörnt. Mir gefällt die Vorstellung, Opfer ihres Zorns zu werden und sie zu beruhigen. Mir gefällt die Vorstellung, dass sie eifersüchtig ist.

Viel zu sehr.

Ich weiß nicht, was zum Teufel ich mit dieser Frau mache, aber ich stecke jetzt bis über beide Ohren in dieser Sache.

Zum einen habe ich vermutlich gerade meinen Job für sie aufgegeben. Und ich habe nicht die Sorte Job, die man einfach kündigen kann. Entweder geht man in Rente oder in einem Leichensack. In der CIA mögen sie keine losen Enden. Ich glaube nicht, dass sie mich feuern und mit allem, das ich weiß, in der Welt herumspazieren lassen werden.

Tatsächlich bin ich mir sicher, dass sie das nicht tun werden.

Natürlich steht mir jedes Mittel zur Verfügung, dauerhaft zu verschwinden, weshalb es keine sonderlich große Sorge für mich ist.

Die größere Sorge ist das Ausmaß der Anziehungskraft, die sie auf mich ausübt, und was ich deswegen unternehmen werde. Selbst wenn ich meinen Job wegen diesem Vorfall nicht verliere, führe ich nicht den Lebensstil, der eine Beziehung erlaubt. Und viel wichtiger, ich weiß nicht einmal, ob es sicher für sie ist, mich zu daten.

Greifen Werwölfe Menschen bei Vollmond an? Das wird zumindest im Volksmund behauptet. Ich stelle jedenfalls fest, dass meine Aggression und sexuellen Sehnsüchte mit jedem Tag zunehmen, den wir uns dem Vollmond nähern.

Ich blicke zu Annabel, deren Kiefer angespannt ist und deren Augen auf die Straße geheftet sind. „Es tut mir leid." Ich spreche mit leiser Stimme. „Ich werde es nicht noch einmal tun."

Überraschung huscht über ihr Gesicht, dicht gefolgt von einer hübschen Röte.

„Ich habe keinen Schwestern-Fetisch, ich verspreche es." Ich strecke die Hand zur Seite und drücke ihre.

Ich glaube, sie will wütend auf mich bleiben, aber ihre Lippen biegen sich zu einem widerwilligen Lächeln nach oben. Und es ist unglaublich, was dieses Lächeln mit mir anstellt. Ich bin plötzlich high wegen unserer Flucht und das Adrenalin verschafft mir eine Freude, die zu erleben, ich mir normalerweise nicht erlaube.

Und sie zu berühren, beschert mir eine Erektion, die so hart ist, dass ich auf meinem Platz hin und her rutschen muss, um das Unbehagen zu lindern.

Annabel – stets aufmerksam – blickt nach unten auf sie und wieder in mein Gesicht. Ihr Lächeln wird breiter.

„Also, wann wirst du mir erzählen, was zum Henker hier los ist?", verlangt Sarah zu wissen.

Richtig. Konzentrier dich, Dune. Leben stehen hier auf dem Spiel.

Annabel dreht sich auf ihrem Platz um, um sich an Sarah zu wenden. „Charlie und ich arbeiten zusammen. Wir hatten eine Mission in LA, die eventuell schiefgelaufen ist."

Ein leises Grollen erreicht meine Ohren und mir wird bewusst, dass ich knurre. Ich unterbreche den Laut, gerade als sich Annabel neugierig zu mir dreht.

Sarah zieht Grady fester an sich, aber der Junge stößt seine Mom von sich.

„Seid ihr Spione?", fragt er.

„Ja, so was in der Art", antwortet Annabel.

„Die Flugtickets – die Reise nach Disneyland – sie dienten dazu, uns in Sicherheit zu bringen? Warum hast du es mir nicht einfach erzählt?"

„Ich habe die Tickets nicht geschickt."

Sarah erbleicht und reißt Grady an sich, dieses Mal ignoriert sie seine Proteste. „Was jetzt?", fragt sie mit zittriger Stimme.

„Ich bringe euch an einen sicheren Ort", melde ich mich zu Wort. „Und ihr werdet dortbleiben müssen, bis Annabel und ich die Sache geklärt haben, damit es wieder sicher für euch ist, nach Hause zu gehen."

Annabel bedenkt mich mit einem dankbaren Blick der meinen Schwanz zum Pochen bringt.

Ich fahre sie zu meiner Hütte in den Bergen. Es ist der abgelegenste Unterschlupf, den ich aktuell habe, und ein Ort, an dem ich kein Problem damit hätte, Sarah und Grady allein zu lassen. Der einzige Nachteil – ich weiß nicht, ob ich das Monster in mir zurückhalten kann, wenn ich erst einmal dort oben bin. Und ich weiß ganz bestimmt nicht, was passieren wird, wenn ich mich selbst nackt und blutbedeckt zurückschleppe, nachdem ich mit Jagen fertig bin.

Meine größte Angst ziehe ich nicht einmal in Erwägung, weil ich die Sorte Mann bin, die sich weigert, sich ihren Sorgen zu ergeben. Aber fuck, wenn es irgendein Anzeichen dafür gibt, dass ich eine Gefahr für diese Leute darstelle, werde ich sie verlassen müssen. Vielleicht werde ich sogar einen Weg finden müssen, wie ich mein Leben beenden kann, was gegen jeden Instinkt in meinem Körper geht – ich bin darauf programmiert, um jeden Preis zu überleben.

Annabel

· · ·

CHARLIE VERSTUMMT, während er uns über die festgefahrene Lehmstraße, die sich den Berg hinaufwindet, fährt. Oder vielleicht ist er immer so ruhig. Es kommt mir merkwürdig vor, dass ich es nicht weiß. Ich fühle mich ihm so nahe und dennoch haben wir nicht gerade viel Zeit miteinander verbracht – sehr kurze Momente als seine Führungsoffizierin im Verlauf der letzten Jahre und jetzt heute, das ist alles.

Der Mond ist halb voll und späht zwischen den Bäumen hindurch, während wir immer höher fahren. Wir kommen an einer winzigen, alleinstehenden Hütte an, die vor allem versteckt zu sein scheint. Sie wirkt alt und rustikal, aber auf dem Dach befindet sich eine Satellitenschüssel und im Inneren ist es schlicht, aber gemütlich. Grady und ich laufen herum und sehen uns die Hütte an. Die Schränke sind bereits mit so vielen unverderblichen Nahrungsmitteln gefüllt, dass man hier einen Monat überleben könnte. Charlie stoppte auf dem Weg nach oben bei einem Gemischtwarenladen, um Grundnahrungsmittel wie Milch, Eier, Obst und Brot zu kaufen.

Ein Schreibtisch steht an der Wand im Wohnzimmer, auf dem sich die neueste hoch technologische, von der Regierung gestellte Ausrüstung befindet.

Es gibt nur ein Schlafzimmer.

„Ich werde das Sofa nehmen", bietet Charlie an, als würde er erraten, in welche Richtung meine Gedanken gehen. „Ihr drei könnt euch das Bett teilen.

Ich weiß nicht, warum ich diesen Gedanken so enttäuschend finde. Was hatte ich mir nur gedacht? Dass ich noch mehr Sex mit Charlie haben würde, während meine Schwester und Neffe nur wenige Schritte entfernt sind?

Ein klares Nein. Seufz.

Außerdem sind wir nicht auf einem Date. Wir sind auf einer Mission.

Ich bin mir nicht sicher, warum Dune einen solch abgelegenen Ort für einen sicheren Unterschlupf gewählt hat. „Ist das der Ort, an dem du warst, wenn du sagtest, du würdest die Nacht außerhalb der Stadt verbringen?"

Er blickt vom Kühlschrank, in dem er gerade die Einkäufe verstaut, zu mir. „Ja."

„Warum?"

„Ich wollte allein sein. Und ich gehe hier draußen gerne… auf Erkundungstour."

Huh. Charlie Dune, Mann der Wildnis. Ich hatte keine Ahnung, aber das macht ihn noch umso attraktiver.

Es gibt einen Fernseher, von dem ich bezweifle, dass Charlie ihn benutzt, aber er schließt ihn an und lässt den neuesten Star Wars Film für Grady laufen. Dann winkt er mich zum Schreibtisch. Ich folge ihm, weil wir reden müssen.

„Meine Schwester und Grady –", beginne ich mit gedämpfter Stimme und trete näher zu ihm, sodass wir flüstern können.

„Werden nach dem Need-to-know-Prinzip informiert", beendet er den Satz für mich. Meine Haut kribbelt wegen seiner Nähe. Sogar in seinen normalen Kleidern könnte Charlie niemals mit einem Zivilisten verwechselt werden. Es ist zu viel Kraft, zu viel Energie in seinen harten, muskulösen Körper gepackt. „Ich würde ihnen niemals irgendetwas erzählen, das sie in Gefahr bringen würde."

Ich nicke.

„Zeig mir alles, das du zu diesem Fall hast."

Diesem Fall.

Es kommt mir komisch vor, den Tod meines Vaters einen „Fall" zu nennen, aber ich schätze, das ist er.

„In Ordnung. Was ich weiß, ist, dass der Tod meines

Vaters mit der Unterzeichnung des Friedensvertrags von Chapultepec zusammenfällt, der den Bürgerkrieg in El Salvador beendete. Ich bin mir sicher, du weißt aus deinem Kurs über amerikanische Geschichte, dass unsere Regierung ein Interesse daran hatte, die militärisch geführte Regierung trotz ihrer schrecklichen Gewalttaten und Verletzung der Menschenrechte an der Macht zu lassen.

Die Geschichte, die man mir erzählte, als ich ein Kind war, lautete, dass mein Vater bei der Marine war und als Personenschützer für einen der Regierungsbeamten der USA fungierte und von einem linksorientierten, politischen Aktivisten getötet wurde. Er bekam ein Begräbnis mit militärischen Ehren. Als ich also herausfand, dass er im Dienst getötet wurde, während er auf einer Mission für die CIA war, fing ich an, tiefer zu graben.

Welche Mission hatten wir? Wer hat ihn wirklich getötet? Ich weiß nicht, warum ich es wissen musste, aber –"

Charlie winkt mit der Hand ab. „Du musst dich mir nicht erklären." Sein Tonfall weist darauf hin, dass er die Besessenheit, die Wahrheit herauszufinden, die mich überkam, nur allzu gut versteht. „Also, was hast du rausgefunden?"

„Absolut nichts. Also rief ich Direktor Scape an. Und er –" Ich knirsche bei der Erinnerung mit den Zähnen und mein Magen verdreht sich zu einem Knoten.

Charlie mustert mich aufmerksam. „Erzähl mir alles", warnt er, als wüsste er, dass dies der Teil ist, den ich auslassen möchte.

„Er deutete an, dass mein Vater abtrünnig wurde und etwas Böses tat. Dass ich besser dran wäre, würde ich ihn als Helden in Erinnerung behalten, denn wenn ich herausfände, was wirklich passierte, würde das verändern, wie ich über ihn denke."

„Hast du ihm geglaubt?"

Ich zucke mit den Achseln. „Zuerst habe ich das. Aber so wie er das Gespräch beendete, mit einer so eindringlichen Warnung, nicht weiter zu forschen, nun –" Ich kaue auf der Innenseite meiner Wange. „Das ließ mich misstrauisch werden. Eine mögliche Vertuschung."

„Okay. Was dann?"

„Er wollte wissen, wie ich herausgefunden hatte, dass mein Vater ein Geheimagent war. Da erfand ich dann die Sache mit dem Tagebuch. Er sagte, es sei Regierungseigentum und ich müsste es ihm übergeben, weshalb ich sagte, dass ich es bereits zerstört hätte."

„Das war dein Fehler", sagt Charlie. „Hättest du irgendetwas Erfundenes und Unverfängliches übergeben, hätten sie das Ganze vielleicht auf sich beruhen lassen. Oder sogar, wenn du versprochen hättest, irgendetwas abzuliefern."

Ich sauge meine Wange zwischen meine Zähne. „Das könnte ich noch immer tun. Anrufen und es anbieten. Mich für alles entschuldigen. Vielleicht würden sie mir sogar erlauben, den Job zu behalten."

„Ja. Das ist eine Option. Sie birgt ihre Risiken."

„Die da wären?"

„Es wird sicherlich ein Disziplinarverfahren gegen uns beide geben."

Ein Messer feuriger Reue durchschneidet meinen Bauch. Ein Anruf, eine Entscheidung und ich kostete Charlie seinen Job, möglicherweise seine Freiheit.

Und er hat sich kein einziges Mal beschwert oder mich darauf hingewiesen.

„Es könnte eine falsche oder ausgeschmückte Anklage geben. Genug, um uns ins Gefängnis zu stecken und aus ihrem Weg zu räumen. Hängt davon ab, wie sehr man dir vertraut, und wer gewillt ist, für dich eine Lanze zu brechen.

Oder wie groß ihre Angst davor ist, dass du die Wahrheit herausfindest."

„Was ist mit dir?", flüstere ich.

Er zuckt mit den Achseln. „Ich bin nützlich für sie. Ich werde vielleicht mit einer Verwarnung davonkommen, vor allem wenn ich dich als meine Geliebte ausgebe."

Ich bin mir sicher, sämtliches Blut weicht aus meinem Gesicht. Wollte er –? Hat er deswegen –?

„Nein", sagt er fest, als hätte er meine Gedanken erraten. „Ich hatte keinen Sex mit dir, um mir den Rücken freizuhalten. Nicht einmal annähernd." Er spricht mit solcher Gewissheit, mit totaler Überzeugung, dass ich keine andere Wahl habe, als ihm zu glauben. Meine Wut verfliegt und lässt nur rohe Verletzlichkeit zurück.

Meine Lippen sollen verdammt sein, weil sie zittern.

„Hey." Seine Finger vergraben sich am Hinterkopf in meinen Haaren und er benutzt sie, um mein Gesicht zu seinem zu heben. Seine Lippen streichen über meine. „Der Sex mit dir lag völlig außerhalb meiner Kontrolle. Ich plante ihn nicht, ich weiß nicht, ob es klug war, aber ich konnte einfach nicht anders. Was ich für dich empfinde, ist pure, rohe, reine körperliche Anziehungskraft. Das Einzige, das mich gestoppt hätte, wärst du gewesen. Deine Wünsche werde ich immer respektieren. Ich hoffe, du weißt das. Das ist keine Bedingung für meine Hilfe."

Irgendetwas ordnet sich in meiner Brust neu an. Eine Wärme und Leichtigkeit durchdringen mich wie Sonnenstrahlen nach einem Regenschauer. „Danke", murmle ich und versuche, meinen Kopf zu senken, aber Charlie lässt es nicht zu. Er hält mich in seinem Eisengriff gefangen, die Zärtlichkeit in seinem Gesicht stellt das genaue Gegenteil von dem dominierenden Griff dar.

„Glaub es, Annabel."

Tränen schießen mir in die Augen. „Das tue ich", flüstere ich.

Er erobert meinen Mund mit der Leidenschaft und Inbrunst von zuvor. Seine Lippen gleiten über meine, öffnen und schließen sich auf meinen und verschlingen mich. „Du bist eine Sucht", murmelt er, nachdem er mich gründlich eine Lektion in Unterwerfung gelehrt hat und meine Pussy feucht für ihn ist.

Ich winde mich auf meinem Stuhl, weil ich Erleichterung brauche, aber es soll einfach nicht sein. Ich spüre den neugierigen Blick meiner Schwester auf uns, die sich auf der anderen Hüttenseite befindet, und Grady ist auch hier.

Verdammt.

„Rede weiter", befiehlt er und lässt meine Haare los, als wäre gerade nichts passiert. „Es gibt noch mehr, nicht wahr?"

Meine Stimme zittert ein bisschen, als ich ihm von dem Anruf meiner Chefin und ihrer direkten Warnung erzähle und davon, dass ich Senator Flack eine Nachricht hinterließ.

„Welche Nummer hast du ihm hinterlassen?"

Ich blicke zu meiner Handtasche. „Das Wegwerfhandy."

Charlies Mundwinkel zucken nach oben. „Gut."

„Also was jetzt? Sollte ich meine Chefin anrufen? Ihr erzählen, was passiert ist?"

Charlie hat diese ausdruckslose Miene aufgesetzt, von der ich glaube, dass sie bedeutet, dass eine Menge in seinem Kopf vor sich geht.

„Das könntest du tun. Was denkst du, wird dann passieren?"

„Sie wird mir sagen, dass ich vorbeikommen soll. Sie wird einen Treffpunkt festlegen."

„Und?" Ich bekomme das Gefühl, dass mich Charlie das nur fragt, um mich dazu zu zwingen, das Ganze zu durchden-

ken, und dass er bereits jedes mir verfügbare Szenario durchgegangen ist.

„Dann könnte es, wie du schon sagtest, ein Disziplinarverfahren geben. Und es wird keine Antworten geben. Wenn
ich jetzt reingehe, werde ich nie herausfinden, was passierte."

Er nickt.

Ich knirsche mit den Zähnen. „Ich muss herausfinden,
was passierte. Was sie vor mir geheim halten wollen."

„Dann werden wir weitermachen", sagt Charlie. Dass er
Wir und nicht *Du* benutzt, lässt mich beinahe vor Dankbarkeit
weinen. „Sarah und Grady sind in Sicherheit. Wir recherchieren die Hinweise, die wir haben. Du kannst sie später
immer noch anrufen. Ein fake Tagebuch erstellen und einen
Waffenstillstand ausrufen. Es ist eine Option. Aber nicht
deine einzige Option."

Ich strecke meine Hand aus, um seine zu nehmen.
„Dankeschön."

 *harlie*

GRADY IST FAST SO FRÜH auf wie ich und tapst beim ersten Licht der Morgendämmerung in die Küche. Ich wette, dass treibt seine Mom in den Wahnsinn.

„Hast du Hunger?", frage ich.

Er zuckt mit den Achseln.

„Ich werte das als ein Ja." Ich stelle eine Schachtel *Golden Grahams* mit einer Schüssel auf den Tisch. „Iss etwas Müsli."

Er scheint das zu mögen und reißt die Schachtel auf. Die Zerealien prasseln auf den Tisch, aber ich sage nichts, sondern gieße nur Milch in seine Schüssel und lege einen Löffel daneben. „Hau rein."

Er schiebt sich einen Löffel in den Mund. „Danke."

Sarah kommt als Nächste raus, doch Annabel geht in die Dusche. Mir wird ganz kribbelig zumute, wenn ich daran denke, dass sie nackt ist, während uns nur eine dünne Tür trennt. Letzte Nacht musste ich die Hütte verlassen, weil das Verlangen, die Schlafzimmertür zu öffnen und Annabel über meine Schulter zu werfen, zu stark war.

Ich verwandelte mich und jagte den Großteil der Nacht. Ich bin nur froh, dass ich den Weg zurück fand und in der Lage war, mich vor dem Morgen in meine Menschengestalt zu verwandeln.

Annabel wollte sich gestern Abend in die CIA einhacken, aber sie war erledigt von dem Stress des Tages. Sie hofft, dass sie es heute schafft.

Sarah steht beim Fenster und schaut nach draußen. „Es ist wunderschön hier."

„Woher kommst du?" Mir wird bewusst, dass ich es nicht weiß. Ich weiß nur, dass sie Flugtickets erhielten, um gestern nach LA zu fliegen.

„Oklahoma."

Die Badezimmertür öffnet sich und Annabel taucht auf – in einem gottverdammten Handtuch. Mein ganzer Körper wird heiß und irgendetwas Komisches passiert mit meinem Sichtfeld. Fuck – ist das mein Wolf, der versucht, rauszukommen?

Was zum Teufel hat das zu bedeuten?

„Ist es okay, die Hütte zu verlassen? Könnte ich mit Grady wandern gehen?"

Ich stopfe meine Hände in meine Taschen, um meinen Ständer zu verbergen. „Yeah, klar. Hier ist es sicher."

„Okay, wir werden in einer Stunde oder so zurück sein." Sie dreht sich zu Grady, der bereits von seinem Stuhl am Tisch aufgestanden ist und sich seine Schuhe anzieht. „Bereit, Kumpel?"

„Ich bin bereit. Du bist diejenige, die ewig braucht."

Sie verdreht die Augen und zieht eine leichte Jacke an, woraufhin die beiden die Hütte verlassen.

„Charlie?", ruft Annabel aus dem Schlafzimmer.

„Ja?"

„Kannst du eine Sekunde hier reinkommen?"

Meine Hand geht zu meiner Pistole, obwohl ich keinen Eindringling riechen oder hören kann. Dennoch ist irgendetwas komisch an Annabels Tonfall, was dafür sorgt, dass meine Haut prickelt.

Dann falle ich beinahe auf meinen Hintern.

Denn Annabel ist splitterfasernackt und zieht mich ins Schlafzimmer. Sie fällt auf ihre Knie und öffnet meinen Gürtel.

„Fuck", fluche ich und atme tief ein, um mein Gehirn mit Sauerstoff zu versorgen, weil all mein Blut gerade gen Süden gerauscht ist.

„Ich wollte mich nur bei dir bedanken", säuselt sie, während sie meine Erektion befreit.

Meine Hand schiebt sich in ihre feuchten Haare. „Ach ja?" Wäre ich ein Gentleman, würde ich ihr sagen, dass kein Dank nötig sei, aber ich kann dieses Geschenk auf gar keinen Fall ablehnen. Nicht nachdem ich die ganze Nacht damit verbrachte, davon zu fantasieren, wie ihre blutroten Lippen um meinen Schwanz gedehnt aussehen würden. Sie umschließt die Wurzel mit ihrer Hand und streckt die Zunge raus, ehe sie mit der Spitze über diese reibt, gerade so viel, dass die straffe Haut feucht wird.

Ich ächze. „Kein Reizen", keuche ich. „Kein verdammtes Reizen. Ich bin schon seit der Sekunde hart für dich, in der ich das letzte Mal das Kondom abstreifte."

Ihr grauer Blick hebt sich, um meinem zu begegnen, und sie öffnet ihren Mund und umschließt meine Länge.

Ich bin ein Arschloch, weil das Biest in mir brüllend nach vorne drängt. Ich packe sie an den Haaren, um sie ruhigzuhalten und stoße mich tief in ihre Kehle.

Sie würgt, aber saugt trotzdem fest an mir, als ich mich rausziehe.

„Oh Gott", stöhne ich. „Das ist so verdammt gut." Ich stoße wieder und wieder zu, genieße die Hitze und wie ihre Zunge über die Unterseite meines Schafts gleitet, wie sie ihre Wangen einsaugt, um größeren Unterdruck zu erzeugen. „Annabel, das ist nicht fair."

Sie ploppt von meinem Mund. „Was ist nicht fair?"

„Du solltest nicht in der Lage sein, mir das anzutun. Es sollte nicht legal sein, aber es ist zu gut." Ich brabble wie ein Idiot. Das sieht mir überhaupt nicht ähnlich, aber ich scheine nicht stoppen zu können.

Ich festige meinen Griff in ihren Haaren und pumpe schneller. Meine Augen rollen nach hinten in meinen Kopf.

Annabel macht leise Laute um meinen Schwanz. Erregte Laute. Als sie ihre Finger zwischen ihre Beine schiebt, knurre ich.

Sie braucht mich dort.

Jetzt.

Ich ziehe mich aus ihrem Mund und hebe sie mit unnatürlicher Kraft auf die Füße. Im Nu liegt sie mit dem Rücken auf dem Bett und ich reiße an ihren Schenkeln, bis ihr Hintern die Bettkante erreicht.

Sie spreizt sie weit. *Wunderschön.* So wunderschön. Nackt und erotisch und perfekt.

Kondom. Gedanken erreichen kaum noch mein Gehirn. Irgendwie finde ich ein Kondom in meinem Geldbeutel und rolle mir das Präservativ über. Ihre Pussy ist feucht. Ich kann das allein an ihrem Geruch erkennen, aber ich reibe trotzdem mit der Spitze meines verhüllten Schaftes über ihren Eingang. Als ich sie so feucht vorfinde, wie erwartet, stoße ich mich in sie.

Sie schreit auf und wölbt ihre Brüste zur Decke.

„Annabel", krächze ich. Ich packe ihre Schenkel und halte sie für meinen groben Angriff gefangen. Wenn ich mich zurückhalten könnte, würde ich das tun, aber es ist unmöglich. Alles, das ich in meiner Jugend darüber lernte, ein geschickter und zärtlicher Liebhaber zu sein, ist verloren.

Jetzt bin ich das Monster, das Biest. Ich kann mich lediglich wie ein wildes Tier in sie rammen.

Unfassbarerweise scheint es Annabel nicht zu stören. Tatsächlich ist sie so wild wie ich, schreit auf und krallt ihre Finger in die Bettwäsche. Ich nehme ihre Handgelenke und fixiere sie über ihrem Kopf. Sie rollt mit den Hüften und stöhnt schamlos. Ich hämmere mich so hart in sie, dass ihr Hintern vom Bett hüpft und das Bett durch das Zimmer rutscht, bis es gegen die gegenüberliegende Wand kracht.

„Muss dich ficken. Muss dich so hart ficken", knurre ich.

„Ja, ja Charlie."

Ich liebe es, wie sie sich mir hingibt. Genau so, wie sie es in ihrem Apartment tat – mit großem Eifer, völliger Bereitschaft. Das treibt mich an und verstärkt meinen Drang, sie zu nehmen, sogar noch.

Und ich will alles. Irgendein niederer Instinkt, das Biest in mir, will, jeden Teil ihres Körpers, jede Öffnung beanspruchen.

Ich ziehe mich aus ihr, drehe sie um und verpasse ihrem Hintern einen harten Klaps.

„Oh!" Ihr überraschter Schrei sorgt nur dafür, dass mein Schwanz noch heftiger pocht. In der Nachttischschublade gibt es ein Gleitmittel. Ich kaufte es letzte Woche, als ich mir zwanzig Mal einen runterholte, während ich an meine hübsche Führungsoffizierin dachte. Ich stürze mich darauf und drücke eine große Menge auf meinen Schwanz.

Mein Gehirn sagt Nein. Es versucht, die Bremse zu ziehen, aber der Wolf will einfach nicht hören. Er will bean-

spruchen. Muss beanspruchen. Er brennt darauf, zu beanspruchen. Und aus irgendeinem Grund ist es wichtig, ihren Arsch
zu nehmen. Die letzte beschissene Grenze zu erobern.

Ich drücke etwas Gleitgel auf ihren Anus, woraufhin sie
zusammenzuckt und über ihre Schulter zu mir schaut. Ich
kann an ihren aufgerissenen Augen erkennen, dass sie eine
Analjungfrau ist. Ich sollte jetzt aufhören. Um Erlaubnis
bitten. Darüber reden.

Ich versuche, zu sprechen, aber die Worte kommen als
einziges Kauderwelsch raus. Ich kann lediglich ihren Namen
heraushören. Und es scheint auch den Versuch einer Frage
darunter zu geben. So etwas wie „IchmussdeinenArschficken-
kannichihnficken Annabel?"

Ich reibe bereits mit meinem Daumen über ihren Anus
und massiere den engen Muskelring, damit er sich öffnet.

„Charlie?" Es schwingt Furcht in ihrer Stimme mit –
Furcht, auf die ich achten sollte.

Stattdessen mache ich ihr Versprechungen. „Ich werde
dafür sorgen, dass es gut wird, Süße. Ich verspreche, ich
werde es gut machen."

Mein Daumen dringt in sie und sie stöhnt und entspannt
sich für mich.

„Braves Mädchen. Lass mich rein." Ich vögle sie mit
meinem Daumen, bis sich die Muskeln gelockert und gedehnt
haben und sie sich an die Empfindung gewöhnt hat. Dann
führe ich meinen eingeschmierten Schwanz an ihren Hinter-
eingang. „Das ist es, Baby. Nimm meinen Schwanz."

Sie jammert ein bisschen, aber lässt mich rein. Und ich
weiß nicht wie, aber es gelingt mir langsam, langsam,
langsam in sie zu dringen. Ich fülle und dehne sie, gleite
Zentimeter für Zentimeter in sie.

„Meine Fresse, Annabel. Meine Fresse!" Ich bin verloren
– staune über ihr Vertrauen, ihre vollkommene Erlaubnis.

Sie schlängelt ihre Hand unter ihre Hüften und ich mache mich daran, ihr zu helfen, indem ich ihre Finger mit meinen verdecke und ihre Klit massiere, während ich mich in ihren Hintern pumpe.

„Charlie… Charlie. Oh, Charlie."

„Das ist es, süßes Mädchen. Du nimmst mich so gut auf."

Ihre Pussy ist mehr als saftig. Es ist das feuchteste, geschwollenste Stückchen Himmel, das ich jemals gefühlt habe. Ich schnipse mit dem Finger gegen ihre Klit, während ich ihren Hintern erobere.

Meine Hoden ziehen sich fest zusammen und meine Schenkel beginnen zu zittern.

„Ja, Annabel. Fuck, ja." Ich schiebe drei Finger in ihre Pussy, während ich komme, in der Hoffnung, so gut zu geben, wie ich es bekommen habe. Ihre Muskeln zucken um sie, weshalb ich weiß, dass sie auch gekommen ist.

Ich befinde mich im Delirium. Ich bin dankbar und befriedigt und noch immer verrückt nach ihr, alles auf einmal. Ich ziehe mich aus ihr, aber ich habe noch nicht genug.

Annabel

CHARLIE DREHT mich wieder um und packt die Haare oben auf meinem Kopf. Er nutzt sie, um mein Kinn nach oben zu neigen, und küsst mich gründlich. Nein, es ist weniger ein Kuss als vielmehr ein Verschlingen. Er erobert meinen Mund, zieht seine Lippen über meinen Kiefer und meinen Hals hinab. Er beißt in meine Schulter.

„Fuck, Annabel. Ich habe mich noch nie zuvor bei irgendjemandem so gefühlt."

Tränen treten mir bei diesen Worten in die Augen. Das grobe Geständnis scheint für den Geheimagenten, der sich nie in die Karten blicken lässt, so uncharakteristisch zu sein.

Ich habe mich auch noch nie bei irgendjemandem so gefühlt. Ich habe nie auch nur ein Zehntel all dieser Leidenschaft erlebt. Charlie ist grob, aber auch so selbstsicher. Ja, ich hatte Angst, Analsex auszuprobieren, aber ich vertraute ihm. Er ist in allem, das er tut, gut. Und in dieser Hinsicht war er definitiv ein Experte.

Meine Pussy und Anus pochen leicht, aber auf eine köstliche, gut benutzt Art und Weise. Ich habe auf jeden Fall so viel Vergnügen erhalten, wie er sich genommen hat – vielleicht sogar mehr.

Er weicht zurück und starrt einfach nur auf mich hinab, während er mich nach wie vor an den Haaren gefangen hält. Ich liebe es, seiner Gnade ausgeliefert zu sein – zu wissen, dass sein Körper eine trainierte Waffe ist, dass er in der Lage ist, mich auf eine Unzahl an Arten zu unterwerfen. Ein Ruck und er könnte mir den Hals brechen.

Aber das wird er nicht tun.

Er ist hier, um mich zu beschützen. Er hat vielleicht gerade seinen Job für mich aufgegeben. Zur Hölle, sein Leben ist jetzt vermutlich verwirkt.

Deswegen wollte ich ihm mit dem Blowjob danken, während Sarah und Grady draußen sind. Es liegt nicht daran, dass ich nicht aufhören konnte, daran zu denken, wie wild er mich gestern an der Wand nahm, oder daran, dass ich seine Hilfe brauche, um wieder vergessen zu können.

„Witzig", ich berühre seine Wange, „deine Augen sehen jetzt blau aus."

Er erstarrt einen Augenblick, dann blinzelt er und zieht sich zurück, weicht von mir. „Tun sie das? Die Augen meines Vaters veränderten sich auch immer." Seine Stimme klingt eigenartig. Doch dann dreht er sich wieder zu mir und hebt mich vom Bett.

Er ist unfassbar stark. Er trägt mich wie ein Kind zum Bad, wo er die Dusche anschaltet. „Lass mich dich waschen." Seine Augen sind wieder grün.

Ich stehe dort und beobachte, wie er sich auszieht, wobei ich meine Unterlippe durch meine Zähne ziehe, als ich seine definierten Bauchmuskeln erblicke, die harten Brustmuskeln. Er ist mit Narben überzogen – Messerwunden, Kugellöcher, Brandmale – jede einzelne trägt nur zu der gewaltigen Schönheit seines Kriegerkörpers bei. Er entsorgt das Kondom im Müll und tritt seine Boxerbriefs von seinen Beinen.

Und – oh Gott – sein Schwanz steht immer noch für mich stramm. Wie ist das nur möglich?

Er testet die Wassertemperatur. Ich stehe die ganze Zeit über stumm da. Ich muss mich von dem Orgasmus noch in einem Nebel befinden – eine Zufriedenheitsbenommenheit.

Er stupst mich sachte in die Dusche, dann folgt er mir. Er nimmt das Seifenstück in die Hand und rollt es zwischen seinen Händen. Anschließend streicht er damit über meinen Körper. Seine Hände gleiten meine Arme nach unten, meine Seiten hoch, über meine Brüste.

Die Zärtlichkeit, die während des Sex abwesend war, verblüfft mich jetzt. Er ist fast ehrfürchtig – als würde er den Tempel meines Körpers oder den Altar der Liebe anbeten.

Nein, nicht Liebe.

Ich muss aufhören, so zu denken. Wir hatten unglaublichen Sex, weil wir unter enormem Stress stehen. Unter normalen Umständen hätte ich mich niemals auf jemanden aus der Organisation eingelassen.

Aber das stimmt auch nicht. Hätte ich gewusst, wie es ist, hart von Charlie Dune genommen zu werden, hätte ich ihn bei jedem einzelnen unserer Treffen darum angefleht. Es tut mir jetzt beinahe um all die verpassten Gelegenheiten leid.

Charlie dreht mich zum Wasser, wäscht meine Pospalte, zwischen meinen Beinen, meine Schenkel hinab. Er streichelt mich mit einer Ehrfurcht, als würde er es genießen, meine Haut, das Wasser, das Gleiten der Seife zu fühlen. Als er sich erhebt, umschließt er mich mit seinen Armen, und wir stehen gemeinsam unter dem Wasser.

„Du zitterst noch immer, Engel."

Das tue ich. Mein Körper zittert von dem Sex, meine Beine können mich kaum noch tragen. Doch jetzt, während das High des Orgasmus mit der Seife davongewaschen wird, setzt die Realität wieder ein.

„Ich habe Angst, Charlie."

Er streicht die nassen Haarsträhnen aus meinem Gesicht und lehnte seine Stirn direkt an meine.

„Ich werde nicht zulassen, dass dir oder deiner Familie irgendetwas zustößt. Das verspreche ich dir, Annabel."

Ich glaube ihm, denn Charlie Dune ist eine Naturgewalt. Nichts könnte ihn daran hindern, ein Ziel zu erreichen.

„Dankeschön", wispere ich. „Ich kann dir nicht genug danken. Das hier ist viel mehr als das, was ich für dich tat."

Er küsst mich, seine Lippen bewegen sich über meine, sinnlich und weich. „Wir stecken jetzt zusammen in dieser Sache. Es gibt kein Zurück mehr. Ich werde dich beschützen. Okay?"

Ich nicke stumm.

Das Wasser wird kalt und er schaltet es aus und tritt als Erster aus der Dusche. Sein Hintern ist ein Kunstwerk – muskulöse Pobacken, die zu dicken, kräftigen Schenkeln führen. Er wickelt mich in ein Handtuch und zieht mich für einen weiteren Kuss zu sich.

„Dann wollen wir uns mal anziehen und eine Strategie besprechen."

Das Wort *Strategie* tröstet mich ein wenig. Das ist etwas, mit dem sich mein analytisches Gehirn beschäftigen kann, abgesehen von der Sorge, die mich schier auffrisst.

CHARLIE

„IST ES FÜR DICH OKAY, das zu tun?", frage ich, während sich Annabel vor den Laptop setzt und ihre Knöchel knacken lässt. Sie hat mir erzählt, dass ihr eine Möglichkeit eingefallen sei, die CIA zu hacken, die nicht zurückverfolgbar sei.

„Unseren Arbeitgeber zu hacken? Wir werden niemandem wehtun. Falls hier eine Vertuschung vorliegt, dann will ich das wissen."

Ihre Unterlippe schiebt sich leicht vor. Mein mutiges, hübsches Mädchen.

Aber sie ist nicht mein. Ich kann sie nicht haben, kann sie nicht behalten. Ich räuspere mich.

„In Ordnung. Zeig mir die Akte deines Vaters."

„Dein Wunsch ist mir Befehl." Sie bedenkt mich mit einem kecken, kleinen Grinsen. „Du gibst wirklich gerne Befehle, oder?"

„Du hast keine Ahnung", murmle ich abgelenkt von ihren Fingern, die schlank und elegant über die Tastatur tanzen. Würde ich ihr sagen, sie solle sich umdrehen und stattdessen mich berühren, würden sie sich so…

„Charlie?"

Ich suche in meiner Erinnerung nach dem Echo dessen, was sie gerade gesagt hat. „Nein, ich hatte nicht viel mit

Agentin Tentrite zu tun." Ich laufe zum Fenster und schaue nach draußen, um etwas Distanz zwischen uns zu bringen. Es funktioniert nicht. Ihr süßer Geruch kitzelt meine Nase, bis ich sie mir auf dem Bett ausgestreckt vorstellen kann. Das schnelle Klackern der Tastatur erinnert mich wieder an ihre kleinen Hände, die meinen – Verdammt, ich bin es gewohnt, mich zu meiner reizenden, unnahbaren Führungsoffizierin hingezogen zu fühlen, aber das hier geht über eine reine Anziehungskraft hinaus. Ich bin besessen. Ich fürchte, dass es zu viel mit dem Monster zu tun hat, zu dem ich werde.

„All das ist passiert, nachdem ich Nachforschungen zu meinem Vater angestellt habe. Es gibt einen Haufen redigierte Informationen in seiner Akte. Ich habe versucht, sie mit einer höherrangigen Freigabe zu hacken, aber –" Ihre Stimme stoppt abrupt.

„Was?" Ich marschiere an ihre Seite. „Was gibt es?"

„Sie sind nicht hier."

„Bist du dir sicher? Vielleicht haben sie sie verschoben."

„Nein, ich bin im Code. Die Akte ist hier, aber die Informationen… sind fort."

Ich fluche.

„Gelöscht. Einfach alles."

„Wer hat es gemacht, kannst du das erkennen?"

„Nein, aber ich werde es gleich rausfinden." Ihre Stimme wird hart.

Ich bleibe an ihrer Seite, während sie nachforscht. Ihre Brauen ziehen sich zusammen und ihre Lippen bewegen sich leicht, während sie sich auf den Bildschirm konzentriert. Die Minuten dehnen sich aus, aber ich bewege mich nicht, spreche nicht, unterbreche ihre Konzentration nicht. Nachdem wir duschten, zog sie ein leichtes T-Shirt an, das so locker ist, dass ich, wenn ich nach vorne rutsche, direkt an ihrem Schlüsselbein nach unten schauen kann zu dem reizenden Abhang ihrer –

Mich selbst verfluchend, zwinge ich meine Augen, sich auf die Kiefernverkleidung der Hüttenwand zu heften. Mein Schwanz ist in Habachtstellung und kämpft darum, sich aus meiner Hose zu drängen. Das ist lächerlich. Ich war noch nie so außer Kontrolle. Aber jetzt bin ich ein Gefangener meiner eigenen… niederen Natur.

In jedem Fall ist es gut, dass ich vor diesem Ereignis nie mit Annabel geschlafen habe. Ich wäre im Dienst absolut nutzlos gewesen.

„Hab ich dich", wispert Annabel zufrieden.

„Wen?" Ich beuge mich über sie und widerstehe dem Drang, meine Nase in ihren Haaren zu vergraben. Auf dem Bildschirm ist ein Wirrwarr an leuchtendem Code zu sehen.

„Letzter Zugriff war früh heute Morgen. Drei Uhr." Sie flucht. „Ich hätte es letzte Nacht hacken sollen."

„Es ist alles okay. Du warst müde." Ich drücke ihre Schulter. „Wir konnten nicht wissen, dass sich jemand um drei Uhr morgens in die Akte deines Dads einloggen würde."

„Der Benutzer loggte sich ein und verbrachte einige Minuten in der Akte, bevor er den Inhalt löschte", fährt Annabel fort, deren Stimme leicht zittrig klingt. Das ist nicht einfach irgendein Auftrag für sie. Das hier ist persönlich. „Aber derjenige konnte die Akte mit seiner Zugriffsfreigabe nicht vollständig löschen. Ich verfolgte das Nutzerprofil zu einer Wegwerf-E-Mail-Adresse. Es ist ein fake Name, aber ich habe die IP Adresse und –", rasselt sie einen Haufen technischer Schritte runter, bei denen sich mir der Kopf dreht.

„Auf Englisch bitte."

„Sorry." Sie schenkt mir ein schwaches Lächeln. „Ich vergesse, dass du kein Nerdisch sprichst."

„Du sprichst es gut genug für uns beide. Wer hat die Akte gelöscht, Annabel?"

Sie erblasst leicht, aber sagt mit klarer, kräftiger Stimme: „Agentin Tentrite."

~

Annabel

„DAS IST GENAUSO, wie als wir Teenager waren." Ich grinse zu Sarah hoch, die eine finstere Miene macht, weil ich mich bewegt habe. Sie hat eine Schere in einer Hand und eine meiner Haarsträhnen in der anderen und dünnt die Spitzen wie eine professionelle Friseurin aus.

Ich habe meine Haare zu einem respektablen Hausfrauen-blond gefärbt und jetzt verpasst mir Sarah einen schulter-langen Stufenschnitt. „Weißt du noch, als du die Seite meines Kopfes rasiert und den Pony lila gefärbt hast?"

Sarah lacht. „Wir waren uns so sicher, dass Mom ausrasten würde, aber sie hat kein Wort gesagt."

„Ja, ich glaube, bei der Aktion hat sie tatsächlich als Letzte gelacht."

Wir werden beide nüchtern, da die Trauer über den Tod unserer Mutter nach zwei Jahren noch allgegenwärtig ist.

Meine Schwester fährt mit ihren Fingern durch meine Haare. „Das ist ziemlich extrem."

„Findest du nicht, dass es gut aussieht?"

„Nein… es ist nur schwer, darüber nachzudenken, dass sich meine kleine Schwester die Haare färbt und undercover geht."

„Es ist keine so große Sache", sage ich, obwohl sich mir

der Magen umdreht bei dem Gedanken daran, was Charlie und ich gleich tun werden. „Ich werde schon klarkommen."

Sie seufzt. „Lüg mich nicht an. Ich weiß, dass es gefährlich sein wird. Du willst mir ja nicht einmal erzählen, worum es dabei geht."

„Das ist zu deinem eigenen Schutz. Hey", ich packe ihre Hand und drücke sie, „ich lüge nicht. Ich werde vorsichtig sein. Außerdem wird Charlie bei mir sein. Denkst du wirklich, dass er zulassen würde, dass mir etwas zustößt?"

Auf ihre Lippe beißend, schüttelt sie den Kopf. Sie sieht bereits weniger besorgt aus. Ein wenig Charlie-Verehrung spiegelt sich in ihren Augen.

„Also erzähl", sagt Sarah mit leiser Stimme, obwohl wir im Bad sind und Grady draußen im Wohnzimmer *Die Unglaublichen – The Incredibles* schaut. „Hattet ihr zwei einen Quickie, während wir heute Morgen auf unserem Spaziergang waren?"

Ich lächle sie im Spiegel an und wackle mit den Augenbrauen. „Es war nicht so schnell."

Sie erwidert mein Grinsen. „Es wird auch Zeit, dass du –"

„Halt die Klappe."

Sie und ich wissen beide, dass mein Dating-Leben nicht existent ist. Meine alleinerziehende Schwester schlägt sich in dieser Hinsicht viel besser, was jedoch nicht viel heißt.

„Er ist heiß."

Ich rutsche auf meinem Stuhl hin und her, da ich noch immer an all den richtigen Stellen wund bin von der groben Art und Weise, mit der er mich genommen hat. „Ja, definitiv."

„Also? Ist es verboten?"

„Beziehungen zwischen Führungsoffizier und Geheimagent? Ich weiß es nicht. Vermutlich. Selbst wenn es das nicht ist, ist es höchst unpraktisch."

„Weil sie viel umherreisen? In großer Gefahr leben?" Sarah benutzt einen schwärmerischen Tonfall, als würden wir über eine Figur in *Mission Impossible* reden und nicht den sehr realen, sehr sexy Charlie Dune, der uns in der Küche hoffentlich nicht hören kann, wo er seine achte Mahlzeit des Tages isst, während er unsere gefälschten Ausweise macht. Er hat sogar Kreditkarten mit unseren neuen Namen ausge-druckt. Ich hatte keine Ahnung, dass so etwas möglich ist, und ich arbeite bereits seit zehn Jahren für die Behörde.

„Ich meine, für den Geheimagenten ist es vermutlich nicht verboten. Ihnen steht es frei, so gut wie alles zu tun, das sie wollen, solange sie ihre Missionen beenden. Aber ich könnte einen Tadel kassieren. Ich weiß es nicht."

Sarahs Lippen verdrehen sich zu einem wissenden Grin-sen. „Ist er es wert?"

„So was von wert." Ich will ihr alles darüber erzählen – sie ist immerhin meine Schwester – aber der Gedanke, dass Charlie mich hören könnte, ist zu peinlich. Ich mache einfach meine Augen im Spiegel wirklich groß und nicke langsam mit dem Kopf, als hätte ich Ehrfurcht vor ihm.

Sarah unterdrückt ein Kichern. „Also werdet ihr als Mr. und Mrs. Was-war-es losziehen?"

„Barnard. Brett und Melinda."

„Mindy Barnard", sinniert Sarah, während sie in die Knie geht, um auf Augenhöhe mit mir zu gelangen, und meinen Pony schneidet. „Das klingt niedlich. Wann ist dein Geburtstag?"

„13. März 1986."

„Dein Sternzeichen."

„Ähm... Fische. Niemand wird mich das fragen. Ich werde keinen gefälschten Ausweis benutzen, um in eine Bar zu kommen."

Sarah zuckt mit den Achseln. „Man weiß nie. Vorsicht ist besser als Nachsicht."

Ich rolle mit den Augen, aber im Geheimen bin ich froh, dass Sarah bei dem hier ihren Spaß hat und nicht vollkommen ausflippt.

Charlie erscheint in der Tür. Seine Augen heften sich auf meine und ich schwöre, sie werden wieder eisblau. Seine Nasenflügel weiten sich. „Fuck", flucht er und schüttelt den Kopf wie ein Hund, der Wasser abschüttelt.

„Was?"

„Du siehst…"

Ich ziehe meine Haare aus Sarahs Fingern. „Es ist schrecklich, oder?"

„Nein." Seine Stimme klingt erstickt. „Ich habe das Rot geliebt, aber…" Er schiebt seine Hände in seine Taschen. „Du siehst gut aus. Wirklich gut."

Ich lege den Kopf zur Seite. „Stehst du auf Blondinen?"

„Nein, ich –" Er stoppt. „Nein, bis jetzt nicht", brummelt er, während er buchstäblich rückwärtsläuft, die Augen nach wie vor auf meine fixiert.

Schließlich geht er mit einem weiteren Kopfschütteln zurück in die Küche.

KAPITEL FÜNF

 harlie

Gottverdammt.

Es brachte mich beinahe um, Annabel zu sagen, dass sie ihre Haare schneiden und färben müsse. Vor allem, da ich meine Fantasie, sie von hinten zu nehmen, während ich ihre dunkelroten Haare um meine Faust wickle und mich daran festhalte, noch nicht erfüllt habe.

Aber als Blondine sieht sie absolut engelsgleich aus. Das satte Rot unterstrich ihre Persönlichkeit – es sah mit dem großen Brillengestell und dem dunklen Lippenstift genial aus. Jetzt sieht sie wie das Mädchen von nebenan aus. Und verdammt, wenn ich sie nicht ans Bett fesseln und vögeln will, bis sie um Gnade fleht.

Ich rumore in der Küche herum in dem Versuch, meine Lust mit Essen zu befriedigen. Ich scheine nicht genug essen zu können.

Nach einem kompletten Abendessen aus Spaghetti habe

ich noch immer Hunger auf rotes Fleisch. Ich habe bereits die Dosen mit Chili aus den Schränken gegessen. Ich hole ein Glas mit Spaghettisoße aus dem Küchenschrank und esse direkt aus dem Glas. Und lass mich dir eins sagen – es sind erbärmlich wenig Fleischstücke in der Soße in Anbetracht dessen, womit sie werben.

Ich scheine das Begehren jedoch nicht wegessen zu können. Jeden Tag nimmt der Mond zu und ich weiß noch immer nicht, was passieren wird, wenn er voll ist.

Ich bin tierisch ruhelos. Ich will draußen sein, rennen – jagen.

Entweder das oder ich muss mich wieder in meine reizende Führungsoffizierin hämmern. Sie dazu bringen, meinen Namen bis in die frühen Morgenstunden zu schreien.

Aber das ist nicht möglich.

Ich spüle das Soßenglas aus und lasse meinen Löffel ins Waschbecken fallen. „Ich werde mich draußen umsehen", teile ich Annabel mit, die gerade mit ihrem neuen Look aus dem Bad gekommen ist. „Wartet mit dem Schlafen nicht auf mich."

„Warte – was? Ist das ein Code für irgendetwas? Wohin gehst du wirklich?"

Verdammte scharfsinnige Agenten und ihre Detektivfähigkeiten.

Ich ziehe mein Shirt aus und beobachte, wie ihre Augen über meine Brustmuskeln gleiten. „Es bedeutet, dass ich laufen gehe. Wir waren den ganzen Tag hier eingesperrt und ich werde nicht schlafen können, bis ich mich etwas verausgabt habe."

„Im Dunkeln? Egal. Du kannst wahrscheinlich auch noch im Dunkeln sehen, stimmt's?"

Wenn sie nur wüsste.

Ich trete nach draußen und ziehe hinter der Hütte auch

meine restlichen Kleider aus. Ich muss mich gedanklich nicht einmal dazu zwingen, mich zu verwandeln – es ist, als würde es passieren, ohne dass ich überhaupt darum bitte. Was mich darüber nachdenken lässt, ob ich es überhaupt aufhalten hätte können, wenn ich das gewollt hätte.

Doch diese Gedanken gehen verloren, als ich losrenne und über die weiche, nach Kiefern riechende Erde hüpfe, die Nase auf dem Boden auf der Suche nach einer Spur, der ich folgen kann.

Die Zeit verfliegt. Entfernung und Richtung sind irrelevant. Ich finde einen Geruch, der einen freudigen Schauder durch meinen haarigen Körper jagt, und renne los.

Ein Tier. Reh.

Aufregung rast durch mich, auch wenn mein Gehirn brüllt: *Bring Bambi nicht um.*

Oder Bambis Mutter. Was auch immer.

Zu spät. Ich springe. Greife an. Reiße die Kehle auf.

Der Rest ist zu widerlich, um es wiederzugeben.

Ich bin ein gottverdammtes Monster.

Ich verliere jegliches Zeitgefühl. Orientierungssinn. Identitätsgefühl.

Ehe ich mich versehe, bin ich fuchsteufelswild und versuche, zu etwas zu gelangen, das mein ist.

Jemand oder etwas hält mich davon fern.

Eine geschlossene Tür.

Ich knurre und werfe meinen Körper gegen die Tür. Die Hütte erbebt unter meinem Gewicht.

Der Schrei einer Frau kitzelt eine Stelle in meinem Gehirn. Furcht, das signalisiert Furcht.

Aber das ist nicht richtig. Denn das ist *meine* Frau dort drinnen.

Meine.

Und ich kann nicht... rein... kommen... um sie zu beanspruchen.

Ein schabendes Geräusch erklingt in der Nähe – ein Fenster, das knarzend geöffnet wird. Ihr Geruch wird stärker.

Dann noch ein Geräusch, das mein Gehirn kitzelt – das Entsichern einer Pistole.

Das Monster weicht zurück und ich realisiere mit Entsetzen, wo ich bin. Was ich tue.

Doch bevor ich gehen kann, feuert Annabel.

Mein eigenes Jaulen durchschneidet die Luft und ich springe davon, bevor mein Gehirn den Befehl dazu gibt.

Bäume verschwimmen um mich herum, während glühender Schmerz in meiner Flanke brennt.

Dann bin ich auf dem Boden. Nackt.

Wieder ein Mann.

Verdammte Scheiße. Ich habe sie beinahe umgebracht.

Ich habe versucht, in die Hütte einzubrechen, in der Annabel, Sarah und Grady waren.

Was wäre passiert, wenn ich Erfolg gehabt hätte?

Ein Schauder durchläuft mich.

Ich weiß nicht, wie lange ich auf dem Boden liege, doch als ich mich schließlich auf die Füße rapple, stelle ich fest, dass die Schusswunde, nicht einmal mehr blutet. Ein Klumpen kalten Metalls scheint sich direkt an der Hautoberfläche zu befinden. Ich drücke mit zwei Fingern gegen die Ränder der Wunde und die Kugel flutscht heraus.

Huh.

Also ist Heilen eine Wolfsuperkraft. Ich reibe mir über die Stirn, während ich zurück in die Richtung der Hütte trotte. Wer weiß, wie weit ich von ihr weggerannt bin.

Wenn mich Annabel und ihre Schwester nicht noch immer brauchen würden, würde ich einfach weiterrennen, weg von der Zivilisation und irgendwohin, wo ich keinen Schaden anrichten kann.

Ich werde eine Möglichkeit finden müssen, wie ich mich nachts einsperren kann. Wie ich mich von Leuten fernhalten kann.

Und ich sollte diese Mission besser zu einem Ende bringen, bevor Vollmond ist. Ich muss von Annabel weg. Für immer.

Ich bin eine Gefahr für sie.

Ich danke Gott dafür, dass sie sich mit einer Pistole auskennt. Falls ich sie noch einmal bedrohe, kann sie mich ausschalten.

Dauerhaft.

Annabel

ICH HALTE die Pistole mit zitternden Fingern. Die CIA könnte mir keinen Wolf hinterherschicken. Das hier ist kein Science-Fiction-Film. Es war nur irgendein gigantischer, tollwütiger Wolf, der das Essen in der Hütte gerochen haben musste, weshalb er reinwollte.

Dennoch hört mein Herz einfach nicht auf, gegen meine Rippen zu donnern, während die Geräusche des Schusses und des Wolfjaulens noch in meinen Ohren widerhallen.

Und Charlie ist noch immer dort draußen.

Aber er würde wissen, was er zu tun hat. Er ist diese Sorte Mann. Er wird eine Waffe bei sich haben oder er wird sich aus einem Ast oder Felsen eine machen. Er ist ein ausgebildeter Attentäter, um Himmels willen. Ich muss mir keine Sorgen um ihn machen.

Als könnte ich meine Sorgen einfach ausschalten.

Sarah gelingt es endlich, Grady ins Bett zu bringen, und ich fange allmählich an, wegen Charlies langer Abwesenheit und des gigantischen tollwütigen Wolfes durchzudrehen. Ich nehme die Pistole in die Hand.

„Vielleicht sollte ich dort rausgehen."

„Bist du verrückt?", faucht Sarah. „So werden die Leute in Filmen getötet."

„Was, wenn Charlie Hilfe braucht?"

„Dann würden wir etwas hören. Gerade jetzt höre ich nichts – weder Mann noch Wolf. Also –"

Die Tür schwingt auf und gibt den Blick auf Charlies Körper frei. Er hat den Kopf gebeugt, um die tiefen Kratzer in der Tür zu untersuchen, die die Wolfkrallen hinterlassen haben.

„Oh Gott sei Dank!" Ich eile zu ihm.

Er versteift sich und ich versuche, die Bremse zu ziehen. Vermutlich benehme ich mich zu sehr wie eine feste Freundin, als würden wir eine Beziehung führen. Mich um seine Sicherheit zu sorgen, hat wahrscheinlich alle möglichen Grenzen bei ihm überschritten.

Ich stoppe vor ihm und er nimmt mir geschickt die Pistole ab, die ich noch in der Hand halte.

„Was ist hier los?"

„Hast du die Schüsse gehört?"

Charlies Brauen ziehen sich zusammen. Er schließt die Tür und verriegelt sie.

„Welche Schüsse?", blafft er.

„Ein riesiger, tollwütiger Wolf hat versucht, in die Hütte zu gelangen. Das ist es, was du gerade an der Tür gesehen hast. Ich habe auf ihn geschossen, aber er ist vermutlich noch immer dort draußen. Ich hatte Angst, er würde dich angreifen."

Charlies Mund verzieht sich zu einem grimmigen Strich. „Mach dir um mich keine Sorgen. Seid ihr drei in Sicherheit?"

Als ich nicke, tritt er nach vorne. „Es tut mir leid, dass ich nicht hier war, um euch zu beschützen."

Er zieht mich in die Umarmung, nach der ich mich gesehnt habe, und obwohl ich entschlossen war, eine emotionale Distanz zu wahren, schmiege ich mich sofort an ihn. Seine kräftigen Arme sind wie die Sicherheitsbügel dieser Achterbahn, auf der wir uns befinden. Die, die mit jeder Minute, die sie weiterfährt, furchterregender wird.

Als er sich von mir löst, ist sein Gesicht ausdruckslos. Sein Pokerface. Ich weiß nicht, was das zu bedeuten hat. „Wo hast du den Wolf getroffen, Annabel?"

„In der Hüfte", gestehe ich. „Linke Flanke."

„Hast du darauf gezielt?"

Ich erstarre. Das ist eine merkwürdige Frage, fast als wüsste er, was vorhin passiert ist. Ein abwehrendes Kribbeln lässt mein Rückgrat steif werden. „Ja."

Ich kann jetzt noch hören, wie mich der Ausbilder bei der Waffengrundausbildung anbrüllte. *Ziele, um zu töten, oder schieße überhaupt nicht. Das hier ist kein Fernsehen. Schieß nicht in die Kniescheiben, wenn dein Leben auf dem Spiel steht. Wenn du nicht gewillt bist, zu töten, dann zieh deine Waffe nicht.*

Ich recke mein Kinn und begegne Charlies durchdringendem Blick. Ich brauche keine Predigt von ihm.

„Du weißt, was ich sagen werde", sagt er leise und ich schwöre, ich höre Mitgefühl in seiner Stimme.

Ich nicke.

Er berührt mein Gesicht und streichelt mit seinem Daumen über meinen Wangenknochen. „Ich bin froh, dass du mit einer Pistole umgehen kannst", ist das Einzige, das er murmelt, womit er mir die Belehrung erspart.

Ich schenke ihm einen dankbaren Blick.

„Geh schlafen. Wir werden vor der Morgendämmerung aufbrechen."

Ich bin enttäuscht, obwohl wir nicht zusammen schlafen können und es nichts mehr zu sagen gibt. Er umfängt meinen Hals und zieht mich an sich, um einen Kuss auf meine Stirn zu drücken.

Ich lächle schwach bei der Geste.

Gewöhn dich nicht daran.

Dieses Abenteuer mit Charlie Dune ist eine einmalige Sache. Wenn ich sie lebend überstehe, werden wir am Ende getrennter Wege gehen.

Dennoch mag ich die Gefühle, die er in mir hervorruft.

Die Sicherheit und Schutz, die seine Anwesenheit für mich bedeuten.

Nein, es ist viel mehr als das. Es ist rohe Anziehungskraft, Faszination von seinem Können – sowohl mental als auch physisch – und eine echte Verbindung.

Aber das heißt nicht, dass aus dem hier irgendetwas werden kann.

KAPITEL SECHS

 *harlie*

ANNABELS WEGWERFHANDY KLINGELT auf unserem Weg den Berg hinab. Sie schaut auf das Display und begegnet meinem fragenden Blick. „Washington, D.C. Das könnte Senator Flack sein."

„Geh dran."

Ihre Hände zittern leicht, als sie den Anruf annimmt. „Agentin Gray am Apparat."

„Annabel, hi. Hier spricht Senator Flack." Dank meines neuen und verbesserten Gehörs gibt es kein Gespräch, das ich nicht belauschen kann – einschließlich der Unterhaltung über mich zwischen Annabel und ihrer Schwester gestern. Der Senator klingt herzlich und freundlich, fast schon großväterlich.

„Senator, danke dass Sie mich zurückrufen. Ich weiß, Sie waren Direktor der CIA, als mein Vater starb, und ich erinnere mich daran, dass Sie auf seiner Beerdigung waren."

„Ja, das stimmt. Dein Vater war ein Freund von mir, Annabel. Er arbeitete als Geheimagent unter mir."

„Können Sie mir erzählen, was sein Auftrag war, als er starb?"

Senator Flack verstummt einen Augenblick. „Du weißt, dass ich das nicht tun kann, Annabel. Du solltest es besser wissen, als danach zu fragen. Das übersteigt deine Sicherheitsfreigabe bei weitem."

„Ja, das verstehe ich. Das tue ich. Ich wollte nur wissen… nun, vergessen Sie es. Sie haben recht. Ich sollte nicht fragen."

„Annabel, dein Vater starb als Held. Er diente seinem Land. Es macht keinen Unterschied, ob er das für die Marine oder die CIA tat."

„Richtig. Dankeschön, Sir. Das bedeutet mir viel."

Der Senator lässt sich noch ein bisschen darüber aus, dass Amerika gegenüber unseren Feinden stark bleiben muss, eines seiner größten Argumente, wenn er als Senator kandidiert. Es ist ein Haufen politische heiße Luft, aber so wie er sie predigt, klingt sie reizvoll.

„Annabel, bist du in Langley?"

„Nein, Senator, ich bin in Kalifornien."

„Oh, das ist zu schade. Sonst hätte ich gesagt, dass wir irgendwann einmal gemeinsam zu Mittag essen können, wenn du möchtest. Ich könnte dir ein paar alte Geschichten über deinen Dad erzählen."

Sie blickt zu mir und ich nicke – ein Treffen mit diesem Kerl, könnte uns weitere Informationen liefern. „Tatsächlich fahre ich heute zum Kapitol. Ich würde sehr gerne mit Ihnen zu Mittag essen. Wäre morgen in Ordnung?"

„Ja, ja das wäre ganz prima", dröhnt er. „Ruf mich morgen früh an und ich nenne dir einen Ort."

„Klingt super, danke." Sie legt auf. „Hast du das alles gehört?", fragt sie mich.

Ich nicke. Ich mag ein großes Geheimnis haben, das ich vor ihr bewahren muss, aber ich werde nicht lügen, wenn ich nicht muss. Sie könnte auch einfach nur annehmen, dass ein exzellentes Gehör Teil meiner Agentensuperfähigkeiten ist. „Es klingt nicht so, als wüsste er Bescheid."

„Ja", sie nagt an ihrer Lippe. „Aber er war zum damaligen Zeitpunkt der Direktor der CIA. Ist es möglich, dass es eine Vertuschung gab – die vor ihm geheim gehalten wurde?"

„Ich weiß es nicht, aber ich bin mir sicher, wir können an die Antworten kommen, wenn wir nur weiter graben. Ist es das, was du tun willst?" Ich bemerkte, dass sie bei Flack einen Rückzieher machte. Vielleicht ist sie bereit, die Sache fallen zu lassen.

Sie nickt, sieht jedoch nach wie vor geistesabwesend aus.

Ich nehme meine rechte Hand vom Lenkrad und greife nach ihrer. „Hey, was auch immer passiert, es wird alles gut werden. Wir werden die ganze Geschichte über deinen Dad rausfinden."

„Das ist es, wovor ich Angst habe."

„Hab keine Angst vor der Wahrheit. Du bist stark. Du kannst damit umgehen."

„Danke, Charlie", flüstert sie. Fuck, aber ich liebe es einfach, meinen Namen von ihren Lippen zu hören.

Genauso wie mein Schwanz. Er merkt auf, bereit, strammzustehen.

Beruhig dich, Junge. Jetzt ist nicht der richtige Zeitpunkt dafür.

„Also", sage ich etwas lauter, um ihre Aufmerksamkeit zu erlangen und meine eigenen Gedanken unter Kontrolle zu kriegen. „Bist du bereit für das hier?"

„Absolut." Sie kichert beinahe, aber es ist ein nervöses

Lachen. Dank meiner neuen und verbesserten Mutanten-Sinne kann ich die Furcht riechen, die sie ausstrahlt.

Sie ist keine Agentin, die außerhalb des Büros arbeitet. Zur Hölle, sie wollte mit ihrem Schuss nicht töten, als mein Wolf kurz davor stand, die Tür zu durchbrechen und ihre Familie zu töten. Ich bin nicht daran gewöhnt, an meinen Entscheidungen zu zweifeln, aber ich tue es jetzt.

„Ich könnte allein reingehen. Du musst nicht mit mir kommen."

Sie verdreht die Augen. „Ich brauche Zugang zu Tentrites Büro und muss mit eigenen Augen sehen, was sie verbirgt. Außerdem würde ich dich das nicht allein tun lassen. Ich hasse es, dass ich dich in den ganzen Schlamassel gezogen habe, aber hier sind wir. Wir sind ein Team. Auf Gedeih und Verderben."

Auf Gedeih und Verderben. Ich hoffe, dass es dazu nicht kommt. Dennoch, der Geruch ihrer Angst löst den in mir eingebetteten Drang aus, sie zu beschützen. Sie zu behüten.

„Es wird beinahe unmöglich sein." Ich habe einen Plan, der uns ungesehen reinbringen wird, aber trotzdem…

„Ich liebe Herausforderungen." Ihre Stimme ist ruhig, ihr Blick entschlossen. Sie mag Angst haben, aber es besteht keine Möglichkeit, dass ich ihr das Ganze ausreden kann.

Das herausfordernde Funkeln in ihren Augen in Kombination mit der berauschenden Erwartung von Gefahr führt dazu, dass sich mein Schwanz gegen meine Hose drängt. Je eher das hier vorbei ist, desto schneller kann ich sie unter mich ziehen.

„Mach dich bereit." Ich schalte einen Gang höher und fahre auf die Hauptstraße. „Wir werden in die CIA einbrechen."

Annabel

CHARLIE DUNE IST EIN IRRER. Das ist der einzige Schluss, zu dem ich gelangen kann. Wer bricht schon in die CIA ein? *Heilige Scheiße, ich werde gleich in die verflixte CIA einbrechen!*

Als wir realisierten, dass Agentin Tentrite die Akte meines Dads gelöscht hatte, war ich bereit, die Spur zur Sackgasse zu erklären.

„Nicht so schnell", sagte Charlie. „Es gibt zwei Gründe, aus denen sich Tentrite einmischen würde. Der erste ist, dass sie in der Karriere deines Dads involviert war."

„Das würde keinen Sinn machen, denn sie war zur Zeit seines Dienstes nicht bei der CIA."

„Also ist es der zweite Grund. Jemand hat ihr befohlen, es zu tun."

„Wer?"

„Das ist es, was wir rausfinden müssen." Eine Durchsuchung von Tentrites Dateien enthüllte keinerlei Verbindungen zu meinem Dad.

„Damit ist der erste Grund vollständig ausgeschlossen", murmelte Charlie. *„Jetzt werden wir den zweiten in Erfahrung bringen."*

Was uns zum gegenwärtigen Moment geführt hat.

„Also was werden wir tun?", frage ich und bemühe mich, nicht auf meinem Sitz in dem Mietwagen hin und her zu rutschen. Wir warten auf dem Parkplatz eines Einkaufszentrums.

„In das Büro deiner Chefin einbrechen. Nach Beweisen suchen, wer ihr befahl, die Akte deines Dads zu löschen."

„Das weiß ich." Der Gedanke, meinen eigenen Arbeitgeber auszuspionieren, ist das Einzige, das mir durch den

Kopf geht, seit Charlie es zum ersten Mal vorgeschlagen hat. „Ich meinte, *wie* werden wir es tun?"

„Vertrau mir." Charlie steigt aus dem Auto, als ein unauffälliger Van neben uns fährt. Ein älterer Mann in einem dunkelblauen Overall steigt auf der Fahrerseite aus.

„Hey, Charlie." Auf dem Gesicht des Mannes breitet sich ein Grinsen aus.

„Otis." Charlie drückt die Hand des Mannes. „Schön, dich zu sehen."

„Wo warst du?"

„Hier und da. Du weißt ja, wie es ist."

„Das tue ich, das tue ich. Hallo", begrüßt mich Otis, als ich mich nähere.

Charlie legt seinen Arm um meine Schultern. „Das ist meine Freundin. Ihr Vater war früher Teil der Organisation."

„Ist mir eine Freude." Otis lässt den Kopf auf und ab wippen. Ich bemerke, dass Charlie nicht meinen Namen benutzt.

„Hast du meine Nachricht erhalten?", erkundigt sich Charlie.

„Das habe ich. Ich denke, es wird funktionieren. Heute Abend arbeitet dort normalerweise ohnehin eine Crew von mir."

„Was?", keuche ich. Wie oft ist dieser Kerl schon eingebrochen?

Sie lachen über meinen schockierten Gesichtsausdruck. „Otis arbeitet dort", informiert mich Charlie, während Otis die seitliche Vantür öffnet und zueinander passende Overalls rauszieht.

„Und heute", sagt Otis, „tut ihr es auch."

„DAS FÜHLT sich wie ein langes Spiel an", wispere ich
Charlie zu, während wir durch einen Korridor laufen. Wir
befinden uns im Keller der CIA, nachdem wir uns als Reinigungskräfte eingeschlichen haben. Nicht die Klettern-und-
Abseilen *Mission Impossible* Art von Action, mit der ich
gerechnet habe – um ehrlich zu sein, irgendwie antiklimatisch
– aber definitiv effektiv.

„Es zahlt sich aus, nett zu den Leuten zu sein", flüstert er
und hält mir eine Tür auf. Ich schiebe einen Reinigungswagen. Wir passieren einen Kerl in einem Anzug, der nach einer
langen Nacht auf dem Heimweg ist. Seine Augen schweifen
über unsere Uniformen und Putzzubehör, als wären wir
unsichtbar.

Ich warte, bis wir im Aufzug sind, bevor ich mich zu ihm
drehe. „Im Ernst, wusstest du, dass du das eines Tages tun
würdest?"

Er zuckt mit den Achseln. „Es schien mir eine Möglichkeit zu sein."

Ich blicke ihn mit großen Augen an.

„Otis ist ein Freund", erklärt er. „Er schuldet mir einige
Gefallen."

„Und er arbeitet rein zufällig bei der CIA?"

„Früher war er als Geheimagent unterwegs. Er wurde
verletzt und wollte nicht herumsitzen und Invalidenrente
kassieren."

Wenn ich es mir so recht überlege, dann bemerkte ich,
dass Otis mit einem leichten Humpeln lief. „Also wurde er
Hausmeister?"

„Er behält die Dinge gerne im Blick. Stellt sicher, dass die
höheren Tiere ihre Spione richtig behandeln. Manchmal sind
die Sesseldrücker uns Geheimagents gegenüber nicht so
loyal, wie sie das sein sollten. Otis beobachtet die Beobach-

ter." Charlie hält einen Finger an seine Lippen. „Verrat das nicht meiner Führungsoffizierin."

Ich starre ihn einen Moment an und versuche, herauszu-finden, was ich sonst noch nicht über Dune den Soldaten-Spion weiß. Welche anderen interessanten Freunde er hat.

„Was?", murmelt er.

„Du bist anders, als ich dachte." Er versteift sich leicht, weshalb ich hinzufüge: „Nicht auf schlechte Weise. Ich erin-nere mich nur noch daran, als ich dir zum ersten Mal begegnet bin, hielt ich dich für einen arroganten Teufelskerl. Ich hätte nie gedacht, dass du gewillt wärst, mir so viel zu helfen. Oder dass du eine Hintertür in die CIA hättest."

„Ich besitze etwas Tiefe." Er steckt mir eine Haarsträhne hinters Ohr. „Und ich entscheide selbst, wem meine Loyalität gelten sollte." Sein Blick erhitzt den Raum zwischen uns und ich nicke, schlucke. In diesem engen Raum gibt es plötzlich nicht genug Luft.

Der Aufzug öffnet sich auf dem Stockwerk von Tentrites Büro und Charlie übernimmt und schiebt, den Wagen durch den Flur. Er läuft direkt zu Tentrites Tür und öffnet sie mit Otis' Schlüssel.

„Irgendetwas Außergewöhnliches?", fragt Charlie.

Ich sehe mich um, wobei mein Puls heftig pocht. Ich war zuvor schon bei Routinetreffen hier drin, aber das hier ist absolut illegal. Wir wurden bedroht, gejagt, beschossen. Wenn ich hier drin erwischt werde, ist es durchaus möglich, dass mich die Regierung verschwinden lassen wird – dauer-haft. Nein, vielleicht überanalysiere ich auch nur.

„Welche Strafe steht auf das hier, was meinst du?"

„Ich meine, dass wir besser unsere Suche hinter uns bringen und gehen sollten, bevor uns jemand erwischt und wir es herausfinden." Er schiebt mich sanft nach vorne.

Ja, ich überanalysierte nicht.

Wir suchen schweigend, wobei wir Handschuhe tragen. Zum Glück passen die zu der Reinigungskraft-Nummer. Ich staube während dem Suchen ein wenig ab, nur um unsere Tarnung glaubhaft zu machen. Tentrite hat jede Auszeichnung, die sie je gewonnen hat, ausgestellt. Einige Statuen stehen in ihren Regalen – Trophäen von einer Volleyballmeisterschaft auf dem College. Ich bin überrascht, dass sie nicht auch welche von der Middle- und Highschool hat. Ich staube ab, während ich meine Augen durch den Raum schweifen lasse.

Charlie durchsucht den Schreibtisch. Als ich dicht an ihm vorbeigehe, fummelt er gerade an dem Telefon herum.

„Du verwanzt ihr Telefon?"

„Yeah." Er zeigt mir das winzige Gerät. „Neuausgabe für Geheimagenten."

„Wird sie es nicht erkennen?"

„Nur wenn sie daran denkt, danach zu suchen. Was hoffentlich in den nächsten Tagen nicht passieren wird. Das ist alles, das wir brauchen." Er klingt so zuversichtlich, dass ich ihm glaube.

„Was ist mit ihren Akten?"

„Nichts Bemerkenswertes." Sein Gesicht verändert sich. „Jemand kommt. Geh in Position."

Mit hämmerndem Herzen packe ich einen Fensterwischer und eine Flasche mit Reinigungsmittel. Dune duckt sich hinter den Schreibtisch – ich vermute, dass es komisch wirken würde, wenn zwei Reinigungskräfte in einem Büro wären. Ich bleibe mit dem Gesicht zum Glas gewandt stehen. Meine Hände zittern so heftig, dass ich die Flasche beinahe fallen lasse – zweimal – bevor ich das Mittel auf das Fenster sprühe. Der Fensterwischer klappert auf dem Glas.

Ruhig, Annabel. Du hast das unter Kontrolle. Ist es verrückt, dass meine innere Cheerleaderin wie Charlie klingt?

Ich lausche angestrengt nach Schritten und höre sie schließlich im Gang. Charlie muss Superspion-Sinne haben, dass er so ein leises Geräusch gehört hat. Ich schätze, deswegen ist er ein Agent im Feld und ich nicht.

Ich blocke alles andere aus und konzentriere mich darauf, die beste One-Night-Reinigungskraft aller Zeiten zu sein. Ich sprühe noch mehr Fensterreiniger auf das Fenster und finde einen Rhythmus – wisch, wisch, sprüh, wisch, wisch, sprüh. Es ist fast schon beruhigend und beansprucht meine volle Konzentration, bis Charlie aufsteht.

„In Ordnung", sagt er. „Sie sind fort."

„Wurde auch Zeit." Ich lasse meine Arme fallen, die nach der Anstrengung, sich normal zu geben, schlaff nach unten hängen. Ich habe immer wieder die gleiche Stelle an dem Fenster geputzt. Müsste ich noch viel länger Reinigungskraft spielen, würde Agentin Tentrite morgen ein Loch in ihrem Fenster vorfinden. „Wer sind all diese Spinner, die noch so spät arbeiten?"

„Du musst gerade reden", schnaubt Charlie, während er damit fortfährt, den Aktenschrank zu durchsuchen. „Wann war das letzte Mal, dass du Urlaub genommen hast?"

Ich verspüre einen Anflug von Schuldgefühlen, weil mir einfällt, wie oft ich darüber redete, mit Sarah und Grady nach Disneyland zu gehen, aber nie wirklich etwas geplant habe. Nein, ich habe nichts Spaßiges getan seit… ich weiß nicht. Der Grundschule?

Ich zwinge mich zu einem Lächeln. „Tatsächlich diese Woche. Nur damit du es weißt, ich hatte einen entspannenden Aufenthalt in einer Hütte in den Wäldern."

„Wirklich? Klingt gruselig."

Mir liegt schon ein giftiger Kommentar auf der Zungenspitze, als ich mich an den riesigen Wolf erinnere, der versuchte, in die Hütte zu gelangen. Ich schlucke und mein

Magen dreht sich auf eine Weise um, die nichts damit zu tun hat, dass ich die Papiere auf dem Schreibtisch meiner Chefin durchwühle.

„Es war nicht so schlimm. Abgesehen von diesem nervigen Typen, der ständig da war, während ich versuchte, mich zu entspannen." Ich blicke zu ihm und sehe den Hauch eines Lächelns auf Charlies Gesicht.

„Nerviger Typ? Das könnte Ärger bedeuten."

„Ich glaube, ich komme mit ihm klar."

„Ich denke, er wird nicht wissen, wie ihm geschieht."

Ich widme mich wieder meiner Suche. Mein Puls geht schnell, Freude summt durch mein Blut. Das Adrenalin hat eingesetzt und ich bin nicht mehr nervös. Nur… aufgedreht.

Entweder das oder ich verliebe mich allmählich in Charlie den Superspion.

Er geht in die Hocke und öffnet die Tür eines Aktenschranks. „Bingo. Hab den Safe gefunden."

Ich spähe über seine Schulter auf die schwarze Box, die aussieht, als meine sie es ernst. „Kannst du ihn knacken?"

„Fingerabdruck und Stimmerkennung." Er deutet auf den Fingerabdrucksensor und ich sacke zusammen.

„Verdammt."

„Warte kurz. Gib noch nicht auf", murmelt er und greift in seinen Overall. „Otis hat uns einige Geschenke gemacht." Er zieht ein schwarzes Tuch über seinen Finger und zeigt mir den Abdruck darauf.

„Ihr Fingerabdruck?"

„Frisch von heute Morgen." Er presst seinen, von dem Tuch verhüllten, Finger auf das entsprechende Feld und wartet auf das Piepen, bevor er den Finger an seine Lippen hebt, damit ich schweige. Seine linke Hand fördert ein anderes langes und schmales silbernes Gerät zu Tage. Als er

RENEE ROSE & LEE SAVINO

auf den Knopf drückt, nennt Agentin Tentrites Stimme klar und deutlich ihren vollen Namen.

Ich halte die Luft an, bis sich der Safe mit einem Klicken öffnet.

„Jackpot", murmelt Charlie. Er zieht Händeweise Akten heraus, legt manche beiseite und gibt den Rest mir.

Schweigend blättern wir alles durch. Charlie stoppt mich ein oder zweimal und schließt die Schranktür, wenn er denkt, dass er jemanden kommen hört. Ich gehorche, auch wenn ich nie auch nur ein Geräusch höre. Er hat wirklich Superspion-Sinne.

Die Uhr über unseren Köpfen tickt weiter, während wir die Akten durchgehen. Ich gebe jede zurück, wenn ich damit fertig bin, und Charlie legt sie vorsichtig zurück in den Safe. War ja klar, dass er noch ganz genau weiß, wie alles organisiert war.

Sein Atem stockt eine Sekunde und ich hebe den Kopf. „Hast du was gefunden?"

„Nein."

Mist. „Ich schätze, es ist zu viel verlangt, eine Akte mit dem Titel *Verschwörung, Nicht Lesen* zu erwarten."

Charlies Lippen biegen sich nach oben. „Das wäre praktisch. Irgendwie denke ich aber, dass deine Chefin umsichtiger ist."

Doch dann sehe ich eine Akte, die in eine andere gestopft wurde. Mein Herzschlag beschleunigt sich und meine Finger zittern, während ich sie rausreiße. Mein Keuchen veranlasst Charlie dazu, sich umzudrehen.

„Das ist die Akte meines Dads", bestätige ich. Ich will sie in unseren Mülleimer auf dem Wagen werfen, zu einem besser beleuchteten Raum rennen und sie lesen.

„Hier." Charlie nimmt den Inhalt einer anderen Akte und tauscht sie mit der meines Dads aus.

„Wird sie das täuschen?"

„Mit ein bisschen Glück." Charlie wirft die Akte in den Müll und reicht mir den Müllsack. „Ein paar Tage sind alles, was wir brauchen. Komm." Wir schlüpfen aus dem Büro.

„Hey", dröhnt eine Stimme durch den Gang. Ein Kerl in einem zerknitterten Anzug und mit frühzeitig gealtertem Gesicht läuft mit quietschenden Schuhen zu uns.

Ich kreische leise und schlage den Mopp vom Wagen. „Oh! Ähm, was?"

„Seit wann arbeiten Reinigungskräfte zu zweit?"

Charlies Körpersprache wechselt zu lässig. Er wischt mit dem Handrücken über seine Nase. „Ich bild'se aus." Sein Tonfall ist ganz anders – als wäre er gelangweilt und streitlustig zugleich. „Otis hatte keine Zeit."

Der Kerl bedenkt uns beide mit einem durchdringenden Blick, einem, der dafür sorgt, dass mir der Magen bis zu den Schuhen sinkt. Selbst wenn wir in diesem Moment davonkommen, wird er sich an unsere Gesichter erinnern. Es wird einfach für ihn sein, uns zu identifizieren.

„Ich hab nix gegen die Ausbildung. So geht die Arbeit schneller von der Hand. Allein arbeiten kann langweilig werden, wissen Sie." Charlie arrangiert seine Hoden durch seine dicke Uniform neu und zieht auf widerliche Weise die Nase hoch.

Ekel zeigt sich auf dem Gesicht des Agenten. „Richtig. Nun, dann zurück an die Arbeit."

Ich stoße absichtlich noch einmal den Mopp um, als wäre ich ein Tollpatsch vom Dienst, und beeile mich, ihn wieder auf den Wagen zu stellen. „Okay, wohin jetzt?"

Charlie deutet mit dem Kinn auf das nächste Büro und ich warte, bis er es öffnet. Wir gehen beide rein und er schließt die Tür. Ich starre ihn mit aufgerissenen Augen an.

Er hält einen Finger hoch und beobachtet, wie der Rücken

103

des Kerls im Aufzug verschwindet. Sowie sich dieser schließt, atmen wir beide aus. Oder vielleicht atme ich auch so laut aus, dass es für uns beide reicht, ich weiß es nicht.

„Das war knapp. Denkst du, er ist misstrauisch geworden?"

Charlie öffnet die Tür. „Ich weiß es nicht. Lass uns nicht hierbleiben, um es herauszufinden." Er scheucht mich durch den Gang.

Ich bin mir sicher, dass wir schnurstracks nach unten zum Parkplatz gehen werden, aber Charlie nimmt den Aufzug nach oben zu einem weiteren Stockwerk.

„Wohin gehst du?" Ich folge ihm durch den dunklen Flur und beiße auf meine Wange, damit ich mich nicht über seine exzellente Nachtsicht beschwere. Ich kann kaum etwas sehen, bis er vor einem Büro stoppt und reingeht. „Oh nein. Meinst du das etwa ernst?"

Auf dem Namensschild steht *Direktor Edward Scape*.

„Charlie", zische ich, während er sich durch die düsteren Schatten bewegt. „Du kannst nicht das Büro des Direktors verwanzen."

Ehe ich mich versehe, ist er schon wieder draußen. Sein Kuss streift meine Schläfe, als er vorbeigeht.

„Hab es gerade getan", murmelt er.

Wir sind auf halbem Weg zum Aufzug, als dieser pingt. Bevor sich die Türen öffnen, presst mich Charlie an eine Tür und küsst mich um den Verstand. Ich drücke leicht gegen ihn, weil ich bemerke, dass jemand durch den Gang zu uns kommt. Dann gleitet Charlies Zunge in meinen Mund und ich bin verloren – verloren, wimmere und presse mich an ihn, während seine Länge an meinem Schenkel hart wird –

Das Licht geht an und ich mache einen Satz. Charlie gibt meine Lippen frei, aber lässt seine Hände auf mir liegen und neigt seinen Körper so, dass er meinen zum Großteil vor dem schmierig wirkenden Wachmann im Anzug verdeckt, der mit hochgezogener Augenbraue in der Nähe steht.

Charlie schenkt ihm ein charmantes Lächeln. „Tut mir leid, Kumpel. Otis hat uns losgeschickt und…" Er blickt nach hinten zu mir und Hitze schießt durch meinen Körper und wärmt meine Wangen. „Ich sah eine Gelegenheit und hab sie genutzt. Konnte mich nicht mehr bremsen."

„Kann ich die Ausweise sehen?"

Oh heilige Scheiße.

Charlie zückt einen Ausweis mit seinem Foto und dem Namen eines anderen Kerls und zeigt ihn vor. Während der Wachmann sich den Ausweis anschaut, vollführt Charlie irgendeinen Taschenspielertrick und fördert auch einen für mich zu Tage.

Ich atme nicht. Nicht einen winzigen Lufthauch.

„Ihr zwei müsst jetzt weitergehen", sagt der Wachmann. Seine Brauen sind streng zusammengezogen, aber er sieht aus, als würde er gegen ein Lächeln ankämpfen. „Habt noch eine schöne Nacht."

Charlie bedenkt mich mit einem anzüglichen Blick. „Ich werde es versuchen." Sie wechseln ein kleines Mann-zu-Mann Grinsen und der Kerl läuft davon.

In diesem Moment bin ich bereit, Charlie zu bespringen.

Sexy Superagenten-Mann – es törnt mich an, zu sehen, wie cool er in all diesen unterschiedlichen Umständen ist.

CHARLIE

WIR SIND FAST BEIM AUFZUG, als ich realisiere, dass ich die Tür des Direktors nicht komplett geschlossen habe. Der

Aufzug lässt sich Zeit damit, für uns nach oben zu kommen. Er ist fast bei unserem Stockwerk angelangt, als der Wachmann die Tür des Direktors sieht und anschließend zurück zu uns schaut. Er zögert, als würde er an seinen Instinkten zweifeln. Zwei Reinigungskräfte, die er noch nie gesehen hat, auf einem gesicherten Stockwerk und wir haben nur ein Büro geputzt, bevor wir wieder gehen. Er setzt die Puzzleteile zusammen. Ich sehe den Moment, in dem wir auffliegen.

„Hey." Der Kerl dreht sich um und zieht zur gleichen Zeit seine Waffe. „Bleibt stehen."

Mit aufgerissenen Augen hebt Annabel die Hände.

„Stimmt etwas nicht, Mann?", frage ich und täusche Überraschung vor. Er hätte keine Pistole auf uns gerichtet, wenn er nicht etwas vermuten würde.

„Bleibt dort", befiehlt er. „Ich werde etwas überprüfen." Die Waffe nach wie vor auf uns gerichtet, zieht er ein Walkie-Talkie raus. Ich kann nicht zulassen, dass er das meldet.

Ich schiebe Annabel hinter den Reinigungswagen.

„Keine Bewegung", brüllt die Wache und lässt das Walkie-Talkie fallen.

Bevor er schießt, renne ich schon durch den Flur. Ich packe seinen Schießarm, gerade als die Pistole abgefeuert wird.

Verdammt. Schmerz hallt durch meinen Kopf – superempfindliches Gehör, das auf den Schuss reagiert. Hinter dem Wagen kreischt Annabel.

„Bleib unten", befehle ich ihr, während ich den Mann auf den Boden werfe, seine Pistole packe und ihm mit einem Knacken den Arm breche.

Der Aufzug pingt. Ich kann nicht riskieren, dass sich die Türen öffnen und jemand diese Szene sieht.

Ich bin zurück an Annabels Seite, noch bevor der Arm

des Mannes auf dem Boden aufschlägt – blitzschnelle Bewegungen, noch ein Geschenk des Monsters.

„Hier lang." Ich packe ihre Hand und laufe durch den Gang. Der Kerl, den ich geschlagen habe, ist KO – schlug sich den Kopf auf dem Boden an, als ich ihn umdrehte. Ansonsten hätte er geschrien, als ich seinen Knochen brach. Ich wickle mein Hemd um meine Hand, um die Tür zu öffnen, und scheuche sie in das Treppenhaus. „Komm schon."

Wir eilen die Treppe nach unten. Ich lasse meine Hand auf Annabel liegen und stütze sie, während ich nach meinem Funkgerät greife.

„Otis", antwortet mein Freund.

„Wir sind aufgeflogen. Schüsse wurden abgefeuert. Ruf die Polizei."

„Roger." Otis klingt ruhig.

Annabel schwankt und ich hebe sie in meine Arme, ehe ich mein Tempo beschleunige. Ich bin versucht, mich einfach auf das Treppengeländer zu stellen und die restlichen Stockwerke nach unten zu springen. Mit meiner neuentwickelten Kraft hätte ich damit vermutlich kein Problem.

Ich widerstehe dem Drang und als ich unten ankomme, stelle ich sie auf ihre Füße.

„Dieser Mann", wispert Annabel, „ist er tot?"

Ich überprüfe meine Erinnerung – die Brust des Kerls hob und senkte sich, als wir gingen. „Der wird schon wieder."

„Ich habe noch nie einen Körper sich so schnell bewegen sehen." Sie klingt so erschüttert, dass ich eine Hand ausstrecke, um sie zu stützen, dann zögere ich. Sie tut es jedoch nicht, sondern klammert sich nur an mich. Sie weiß nichts über das Monster, aber dieser Zustand hält vielleicht nicht mehr lange an. Es wird immer schwieriger für mich, es geheim zu halten.

„Sorry."

„Wofür? Du hast mir das Leben gerettet." Sie schneidet eine Grimasse. „Ich schätze, niemand hat dem Kerl erzählt, dass er später keine Fragen stellen kann, wenn er zuerst schießt."

Ich sage nichts, sondern halte sie nur in den Armen. Nach einem Augenblick tritt sie von allein nach hinten. Meine Lungen sind voll von ihrem kräftigen Geruch. Sie riecht süß wie Süßigkeiten. Die Furcht in ihr ist verblasst – und wurde von einer starken, alles überlagernden Emotion ersetzt – Verlangen.

„Ist es falsch, dass ich jetzt total angetörnt bin?", fragt sie mit einem Funkeln in den Augen.

„Adrenalin. Gewöhnlicher Nebeneffekt." Ich bin zwei Sekunden davon entfernt, sie gegen die Wand zu drängen und so heftig zu vögeln, dass sie eine Woche lang nicht laufen kann. Nach ihrem Geruch zu urteilen, hätte sie nichts dagegen einzuwenden.

Genau in dem Moment, kommt mir ein Gedanke. „Scheiße, hast du die Akte mitgenommen?"

Mit einem Grinsen öffnet Annabel ihren Overall gerade so weit, dass ich ein Stück Papier sehen kann, das in ihr T-Shirt gesteckt wurde.

„Braves Mädchen." Annabel mag zwar als Geheimagentin arbeiten wollen, aber ich bin noch nicht bereit dafür. Ich kann in ihrer Gegenwart, nicht richtig denken, vor allem nicht, wenn sie in Gefahr sein könnte.

„Was jetzt?" Sie schaut mich mit solchem Vertrauen an – als sei ich ein Held.

Ich hoffe, wir finden bald die Wahrheit über ihren Vater heraus. Bevor sie herausfindet, was ich wirklich bin.

Ich greife an ihr vorbei und schiebe die Tür auf – die Tür, die als „Notausgang – Tür alarmgesichert, nur im Notfall öffnen" markiert ist. Der Alarm schrillt sofort los. Nach

einem Moment vermischt er sich mit dem Heulen von Polizeiwägen, die auf den Parkplatz fahren. Blaue und rote
Lichter flackern über die Leute, die das Gebäude verlassen.

Einen Arm um sie gelegt, eskortiere ich sie aus dem
Gebäude und tauche in der Menge des verärgerten und
neugierigen Personals unter.

„Falscher Alarm?", fragt jemand.

„Vermutlich nur ein kleiner Defekt", antwortet jemand
anderes. „Dämliche sensible Ausrüstung – ständig gibt's
Probleme."

Aus dem Augenwinkel sehe ich Otis in seinem Van
vorfahren und direkt am Rand des Parkplatzes halten, wo er
mit den Schatten verschmilzt. In dem Chaos und Verwirrung
schaut niemand auch nur zu Annabel und mir, während wir in
diese Richtung schlendern und in der Nacht verschwinden.

KAPITEL SIEBEN

 nnabel

ICH ZIEHE Charlie seine Kleider in der Sekunde aus, in der wir das Motelzimmer betreten. Sein Knurren ist rein animalisch. Er reißt mir das T-Shirt über den Kopf, zieht die Träger meines BHs nach unten und wirft den Inhalt der Akte meines Vaters auf den Boden. Auch wenn ich sie unbedingt lesen will, so summt mein Blut doch gerade vor Verlangen. *Hier. Sicher. Charlie.*

Nach der Härte zu urteilen, die mich in den Bauch stupst, empfindet Charlie genauso. Meine Lippen pressen sich auf seine, während er mich rückwärts zum Bett treibt. Die ganze Zeit dringt dabei ein tiefes Rumpeln aus seiner Brust.

Ich mache mich an dem Knopf seiner Hose zu schaffen, während er sein Hemd aufknöpft und ablegt.

„Kleider runter", befiehlt er, als würde ich nicht gerade daran arbeiten. „Ich brauche dich nackt. Jetzt." Ich liebe den drängenden Befehl in seinem Tonfall.

Im Nu bin ich ausgezogen und auf meinem Rücken, die Beine weit gespreizt. Charlie sinkt auf dem Boden auf die Knie und zieht meine feuchte Pussy an seinen Mund.

„Brauchst du es, dass ich dich hier küsse, Annabel?"

Ich schiebe meine Finger in seine Haare. „Ja. Gott, ja."

Er leckt eine lange Linie meine Spalte hoch, dann neckt er mich, saugt und knabbert an meinen äußeren Lippen und schnalzt zwischendurch mit seiner Zunge gegen meine Klit.

„Charlie", stöhne ich.

„Erzähl mir", murmelt er. „Erzähl mir, was du brauchst, Baby."

„Das hier. Ich brauche das hier. Dich. Fick mich, Charlie." Es sieht mir gar nicht ähnlich, so vulgär zu sein, aber andererseits sieht es mir auch nicht ähnlich, wie eine schamlose Schlampe zu stöhnen. Aber ich fand mich auch noch nie dem perfekten Exemplar maskulinen Versorgers gegenüber. Wären wir Jäger und Sammler, wäre Charlie Dune der Kerl, dem all die Höhlendamen ihre Tierfell-BHs hinterherwerfen würden.

Er ist einhundert Prozent Alphamann. Der Kerl, mit dem man an der Show *Naked Survival – Ausgezogen in die Wildnis* teilnehmen wollen würde. Der Kerl, mit dem man in die CIA einbrechen wollen würde.

Der Kerl.

Das ist Charlie Dune.

Und gerade jetzt verwöhnt *er mich*. Was ein bisschen verdreht zu sein scheint, wenn man bedenkt, dass er mir hier sämtliche Gefallen tut.

Ich setze mich auf – oder versuche es, was ziemlich unmöglich ist, denn das Signal von meinem Gehirn für *hebe deinen Kopf* kam zur gleichen Zeit, in der mir meine Pussy sagte, ich solle den Rücken durchbiegen und meine Titten bis zur Decke strecken. Irgendwie stemme ich mich auf meine Ellbogen und würge „Ich bin dran." hervor.

„Oh, Schatz." Charlie steht auf und zieht seine bereits geöffnete Hose aus, um den härtesten Ständer der Welt zu enthüllen. Er nimmt meine Knöchel in die Hand und zieht sie zusammen, dann hebt er sie hoch. „Du hast hier nicht das Sagen." Er schlägt mir dreimal auf den Hintern, dann beißt er in eine Backe.

Ich kreische, woraufhin er schnell zurückruckt und seine stets wachsamen Augen mein Gesicht scannen. Sie leuchten blau. Wunderschön blau. Seine Augen haben die interessanteste Angewohnheit, im Licht die Farbe zu verändern.

„Sorry, Baby. Ich bin zu grob."

Ich winde mich auf dem Bett und lade ihn zu weiteren Hieben, weiteren Berührungen ein.

„Nein, nicht zu grob. Niemals zu grob. Ich meine, ich mag es grob. *Bitte*, Charlie."

Er platziert noch einige harte Schläge auf meinem Hintern, dann lässt er meine Knöchel los und deutet mit dem Kinn zur Bettmitte. „Auf Hände und Knie."

Oh mein Gott. Ich liebe es einfach, wenn er im Bett Befehle erteilt. Ich bin aufgeregter, als ich es jemals in meinem Leben war. Jede Zelle vibriert vor Aufregen und den Anfängen der Lust. Ich brauche diesen Mann, als sei er mein nächster Atemzug.

Ich gehorche ihm, krabble in Position und schaue über meine Schulter, während er ein Kondom über seinen hübschen Schwanz rollt. Er fängt meinen Blick auf und hebt erneut sein Kinn.

„Beweg dich nach vorne. Stütz dich gegen das Kopfbrett."

Ich liebe es, dass ich mich abstützen muss. Ich krabble

nach vorne und hebe meine Hände, um den eisernen Bett-
rahmen zu packen.

Charlie flucht, während er nach oben krabbelt. „Meine
Fresse, Baby. Du bist so wunderschön." Er streichelt mit
einer Hand über meinen durchgebogenen Rücken und kommt
an meinem Hinterkopf an. Er packt eine Faustvoll von
meinen Haaren. „Ich habe dich als Rotschopf gevögelt, ich
werde dich als Blondine vögeln und ich denke, du solltest
deine Haare besser noch dunkel färben, damit ich dich auch
auf diese Weise ausprobieren kann."

Mein Lachen kommt ganz heiser und tief raus. „Was
gefällt dir bisher am besten?"

Er flucht erneut. „Das ist das Problem", beschwert er sich.
„Das kann ich unmöglich entscheiden. Das Rot war unglaublich, aber blond bist du ein Engel." Er schlägt mir auf den Po
und positioniert sich hinter mir. „Spreiz deine Knie weiter,
Baby. Zeig mir, wo du es willst."

Meine Augen rollen vor Lust zurück in meinen Kopf.
Meine Pussy verkrampft sich bei seinen Worten. „Genau
hier." Ich erkenne meine eigene Stimme kaum, so heiser ist
sie. „Ich will es hier." Ich mache einen Stripperinnen-Move
und greife zwischen meine Beine, um lang und langsam über
die Stelle zu streicheln.

„Oh-oh." Charlie zieht meine Hand weg und schlägt auf
meine Pussy. „Du darfst sie nicht anfassen. Nicht jetzt, Baby.
Nicht, bis ich dir die Erlaubnis erteile."

Mein Bauch flattert von dem erregenden Kitzel, der mich
durchfährt.

„Du kommst auch nicht, bis ich dir die Erlaubnis erteile."
Er schlägt mir erneut zwischen die Beine. „Du wirst deinen
Rücken durchbiegen und dich grob nehmen lassen, so wie du
es magst, und du darfst nicht kommen, bis ich sage, dass es
an der Zeit dafür ist. Verstanden?"

Ich verstehe es überhaupt nicht, aber ich sage trotzdem: „Ja, Sir." Ich weiß nur, dass das Spiel, welches auch immer er spielt, meinen Körper wie nichts zuvor in Flammen setzt. Und das sagt eine Menge aus angesichts dessen, was wir bereits gemacht haben.

Charlie führt die Spitze seines Schwanzes an meinen Eingang und reibt über diesen.

Ich stöhne und schiebe mich nach hinten. Er drückt sachte nach vorne und dringt in mich, aber ich sehe die Sehnen, die an seinem Hals hervortreten, als würde es ihn sämtliche Mühe kosten, sich nicht hart in mich zu rammen.

Ich weiß die Fürsorge, die er für mich aufbringt, zu schätzen. Aber ich will definitiv, dass er Ernst macht.

„Zeig es mir grob", fordere ich ihn heraus.

Er knurrt – wieder dieser nervenaufreibende Tierlaut – und stößt sich so tief in mich, dass ich glaube, er wird mich entzwei spalten. Ich presse meine Ellbogen aneinander und halte mich fest. Er stoppt, als er bis zum Anschlag in mir ist, und sein Knurren wird ein Schnurren.

„Braves Mädchen", murmelt er.

Ich wimmere und winde mich auf seinem Schwanz und versuche, mehr Reibung zu erlangen und ihn davon zu überzeugen, sich zu bewegen. Er gluckst.

„Mach dir keine Sorgen, hübsches Mädchen. Wenn ich anfange, dich zu vögeln, wirst du es spüren."

Ich spüre es bereits. Glaub mir. Es ist nur so, dass ich jetzt gleich tot umfallen werde, wenn er nicht –

Uuf. Ja.

Charlie packt eine Seite meiner Hüften, hält die Faustvoll Haare, die er genommen hat, fest und rammt sich in mich. Ich stöhne leise.

„Ist es das, was du brauchst, Annabel?"

„Ja… ja!", schreie ich.

Er wiederholt die Aktion und ich erschaudere, als er mich füllt. Die Befriedigung explodiert bis in meine Extremitäten – meine Zähne klappen zu, meine Zehen krümmen sich. Er rammt sich viermal in schneller Folge in mich, dann noch einmal hart und tief.

Ich lasse den Kopf hängen und wimmere. Das Verlangen ist so stark, dass ich nicht weiß, ob ich noch viel länger durchhalten kann.

Charlie lässt meine Hände los und umfängt meine Hüften, um sich tiefer in mich zu bohren. Er klatscht mit den Lenden gegen meinen Hintern, während er sich rein und raus pumpt.

Mir wird schwindlig vor Lust, vor Verlangen. Er greift um mich und reibt meine Klit.

Ich ersticke beinahe an einem Schrei.

„Noch nicht", warnt er.

„Bitte. Oh Gott, bitte, Charlie." Ich plappere jetzt unzusammenhängend. Ich bin mir der flehenden Worte, die schamlos über meine Lippen sprudeln, nicht einmal bewusst. „Bitte mehr. Bitte härter. Bitte, ich muss kommen."

„*Noch. Nicht.*" Es klingt, als würde er mit zusammengepressten Zähnen sprechen.

Er rammt sich so hart in mich, dass ich fürchte, ich werde nicht in der Lage sein, meine Arme gerade zu halten, doch dann muss er mein Dilemma bemerken, denn er schlingt einen kräftigen Arm um meine Taille, um dabei zu helfen, mich an Ort und Stelle zu halten. Das bringt mich näher zu ihm, sodass die Stöße tiefer werden, aber mit weniger Wucht.

Es ist köstlich. Ich befinde mich beinahe im Delirium. Ich schwebe bereits, mein Körper feiert, wie richtig es sich anfühlt, von ihm genommen zu werden. Meine Seele genießt es, wie einfach es ist, bei ihm verletzlich zu sein, meine Barrieren zu senken und ihm die Führung zu überlassen. Es ist transformierend.

Charlies Griff um mich spannt sich an. Sein Atem rasselt rein und raus. Ich spüre das Zittern seiner Schenkel an meinen. Er stößt ein Brüllen aus und rammt sich rein und nach oben, wobei er mich fast von meinen Knien hebt. Er zieht meinen Oberkörper nach hinten an seine Brust und klopft mit einem schnellen Tap-tap-tap auf meinen Kitzler.

Ich kreische, als meine inneren Muskeln zucken. Ich drücke seinen Schwanz und Lust explodiert in mir, rast in Wogen reiner Ekstase durch mich.

Charlie gibt hinter mir einen erstickten Laut von sich und zieht sich raus, bevor mein Höhepunkt verebbt ist, was enttäuschender wäre, würde ich nicht bereits auf Wolke sieben schweben.

CHARLIE

OH, Herrgott. Fuck, fuck, fuck.

Ich taumle von dem Bett und stolpere ins Bad. Irgendetwas ist passiert, als ich zum Orgasmus kam. Es war, als würde ich mich gleich verwandeln.

Nur anders. Meine Fangzähne wurden länger und ein süßer Geschmack trat in meinen Mund. Mein Sichtfeld wurde auch kuppelförmig und schärfer wie das des Monsters.

Und ein schreckliches Verlangen überkam mich.

Ich wollte meine Zähne in Annabels Fleisch versenken.

Ich werfe das Kondom in den Müll und spritze mir Wasser ins Gesicht. Die Zähne wirken noch immer lang, auch wenn sie allmählich zurückweichen. Meine Iriden schimmern hellblau. Annabel hat mir erzählt, dass es schon mal passiert ist, als wir Sex hatten.

Was zum Henker?

Versucht ein Werwolf, seine Gefährtin ebenfalls zu *verändern*? Im Sinne davon, dass ein Biss während des Vollmonds sie auch zu einem Werwolf macht? Oder will ich sie tatsächlich töten? Liegen der Instinkt, zu jagen, und der, zu ficken, so nah beieinander, dass das Tier den Unterschied nicht erkennen kann?

Bei allem Unheiligen und Falschen.

Ich bin ein Monster.

Annabel ist bei mir nicht in Sicherheit. Der Vollmond ist morgen und wir sitzen die Nacht über in der Stadt fest – ich kann nirgendwo zum Rennen und Jagen hingehen, kann nirgends dieses aggressive Verlangen abreagieren.

Wie werde ich die Nacht neben ihr überleben?

Ich zwinge einen langen, tiefen Atemzug in meine Lungen.

Beruhig dich, verdammt noch mal, Charlie.

Ich habe einen Weg aus weit schwierigeren Situationen gefunden. Ich kann mir einfach eine Ausrede einfallen lassen und die Nacht in dem Mietwagen verbringen oder mir ein anderes Motelzimmer besorgen.

Ich kehre in das Zimmer zurück, wo ich Annabel finde, die gerade mit dem Rücken zu mir ihre Kleider anzieht. Etwas an ihrer Haltung – oder ist es ihr Geruch – bereitet mir Sorgen.

Sie ist verletzt. Oder schämt sich.

Fuck. Ich habe mich einfach aus ihr rausgezogen und sie allein gelassen. Kein post-koitales Kuscheln, kein Danke, kein gar nichts.

Ich laufe rasch zu ihr und schlinge von hinten meine Arme um sie. Meine Lippen suchen die zarte Haut hinter ihrem Ohr.

„Es tut mir leid." Besser, zu seinen Fehlern zu stehen, als

so zu tun, als sei nichts passiert. „Mit dir zusammen zu sein, ist intensiv für mich. Ich bin es nicht gewöhnt, so viel bei irgendetwas zu empfinden. Ich musste nur eine Sekunde Luft holen."

Sie dreht sich in meinen Armen um. Ich hatte recht, Verletzlichkeit ist klar und deutlich auf ihrem hübschen Gesicht zu sehen.

„Was meinst du?"

Ich meine, dass mir Fangzähne gewachsen sind und ich dich fast auseinandergerissen habe.

Zum Teufel.

„Ich weiß nicht." Ich schüttle den Kopf. „Du stellst etwas Merkwürdiges mit mir an."

So. Das ist die ganze Wahrheit. Ich werde Annabel nicht anlügen, wenn ich nicht muss.

„Ich denke, ich sollte etwas frische Luft schnappen." Ich lasse sie los und sammle meine Klamotten ein. Als ich erneut den Geruch ihres Schmerzes aufschnappe, stelle ich fest, dass ich spreche, bevor ich mich stoppen kann. „Möchtest du mit mir kommen?"

Klasse, Charlie. Wie soll das funktionieren?

Aber die Art und Weise, wie sich ihr Gesicht aufhellt, ist die Schwierigkeiten, die mir das bereiten wird, wert. Und der Himmel weiß, dass sie einen Ausflug genauso sehr verdient wie ich. Ich ziehe meine Jeans an und ein abgenutztes T-Shirt und schlüpfe in ein Paar Schuhe.

„Hast du Hunger?" Denn ich könnte einen verdammten T-Rex essen.

„Ja."

Ich schnappe mir die Schlüssel des Mietwagens. „In Ordnung, wir werden fahren und etwas zu Essen besorgen, dann suchen wir einen Platz, wo wir frische Luft tanken können."

Sie nimmt die Akte ihres Vaters mit, als wir aus der Tür laufen. Ich würde ihr ja gerne sagen, dass sie sie zurücklassen soll, weil das Ziel war, sie einige Momente von diesem Fall abzulenken, aber ich weiß, dass das nichts bringen wird. Sie muss wissen, was dort drinsteht. Und ich ebenfalls, wenn ich sie beschützen will.

Ich fahre zu einem Diner in der Nähe und parke das Auto. Sie umklammert die Akte, aber mir wird bewusst, dass sie sie kein einziges Mal geöffnet hat. Es ist, als hätte sie Angst vor dem, was sie darin finden wird. Ich kann nicht sagen, dass ich ihr daraus einen Vorwurf mache.

In dem Diner bestelle ich drei Hamburger und eine Extraportion Speck. Annabel bestellt sich einen Cobb Salad.

„Bist du auf einer Herzinfarkt-Diät?", scherzt Annabel.

„Yeah. In die CIA einzubrechen, hat mich ganz schön hungrig gemacht." Und das Monster in mir braucht Fleisch.

„Oh, ich dachte, *ich* hätte das getan."

Wenn sie nur wüsste. „Oh, das hast du, Baby. Glaub mir. Das hast du."

Sie atmet tief ein und schaut hinab auf die Akte auf dem Tisch.

„Mach schon", dränge ich sie.

Sie öffnet sie, wobei sie eine Miene zur Schau stellt wie jemand, der sich gleich der Guillotine stellen muss. Die Akte ist in chronologischer Reihenfolge geordnet, sodass die letzte Mission ganz oben liegt. Ich lese auf dem Kopf mit, während sie die Informationen überfliegt.

El Salvador.

Agent begünstigte sein eigenes Vorhaben, handelte außerhalb der Befehle seiner Vorgesetzten, um Gewalt in den Dörfern auszulösen. Seine Bemühungen, den Frieden zu verhindern oder hinauszuzögern, versagten, und er wurde von Einheimischen in einem Dorf getötet, wo er ein Massaker gegen die Ureinwohner anführte.

Agent Scape räumte nach dem Vorfall auf und vertuschte ihn. Grays Tod wurde als ein Opfer im Dienst der Marine als Personenschützer gemeldet.

Annabel schlägt sich beim Lesen die Hand vor den Mund, als wolle sie ihr Gesicht vor mir abschirmen. Sie starrt den Text viel zu lange an, aber ihre Augen bewegen sich noch. Sie muss alles noch einmal lesen. Schließlich greife ich über den Tisch und ziehe ihre Hand von ihrem Mund.

„Baby, es lässt sich nicht sagen, wie sie das dargestellt haben. Agenten treffen im Dienst die ganze Zeit Entscheidungen über Leben oder Tod. Ich vermute, wenn dein Vater vom Plan abgewichen ist, dann hat er das aus einem Grund getan, den wir nicht verstehen. Es ist für mich schwer vorstellbar, dass ein intelligenter, gut ausgebildeter Agent einfach anfangen würde, seine eigenen Ziele zu verfolgen."

Annabels Lippen zittern. Tränen schwimmen in ihren hübschen grauen Augen. „Denkst du, er wurde von jemandem angeheuert?"

Verdammt, ich will diese Frage nicht beantworten. Ich neige den Kopf zur Seite. „Es ist eine Möglichkeit, ja."

„Aber wer hätte ihn anheuern sollen?"

„Hätte eine Interessengruppe in unserem Land sein können, hätte eine internationale Partei sein können, die einen Vorteil von fortwährenden Unruhen dort unten gehabt hätte."

„Denkst du, sie wissen es, und dass sie deswegen versuchen, alles zu vertuschen?"

„Nun, wir wissen eines. Sie wollen nicht, dass diese Information rauskommt. Wenn es nur um einen abtrünnigen Agenten gehen würde, bin ich mir nicht sicher, ob sie sich wirklich die Mühe machen würden, ein Tagebuch aufzuspüren. Also ja, ich würde sagen, dass noch mehr hinter der Geschichte steckt. Etwas, das nicht in dieser Akte steht."

„Vielleicht hätte ich nicht weitersuchen sollen." Annabel blinzelt heftig, aber es gelingt ihr nicht, die Tränen zurückzuhalten. Sie kullern über ihr Gesicht und sie presst die Lippen zusammen und schaut aus dem Fenster zum Parkplatz. Wie gerufen fängt es zu regnen an.

„Hör zu, es tut mir leid, was du dort drin gefunden hast, aber ich sage dir, du kannst deinen Vater oder das, was er tat, nicht danach beurteilen. Er ist nicht hier, um sich zu verteidigen. Du weißt ja, wie es so schön heißt, im Zweifel für den Angeklagten." Ich nehme ihre Hand in meine. „Da er Töchter wie dich und Sarah hervorgebracht hat, finde ich es schwer zu glauben, dass er sein Land verraten oder Menschenleben verkauft hat. Das glaube ich wirklich nicht."

Annabels Augen schweifen zur Seite und Bitterkeit huscht über ihr Gesicht. „Wir waren so jung, als er starb, und davor war er oft weg. Eigentlich hat uns unsere Mutter allein aufgezogen."

Ich betrachte sie einen langen Moment, hin und her gerissen, ob ich mein Geheimnis für immer für mich behalten soll, und dem brennenden Drang, ihren Schmerz zu lindern und weitere Gemeinsamkeiten zwischen uns zu finden.

„Wir haben viel gemeinsam", sage ich schließlich. Meine Stimme klingt rostig, als hätte ich nicht gerade erst geredet. „Ich fand auch etwas Verstörendes über meinen Vater heraus. Es war der Fall, bei dem ich letzten Monat deine Hilfe brauchte."

Ihr Blick wird scharf und die Analystin kommt zum Vorschein. „Hat er in den Laboren gearbeitet?"

„Ich dachte, dass er aus den Laboren gekommen sein musste. Ich nahm an, dass er Teil eines Regierungsexperimentes war, ähnlich wie Nash Armstrong. Sie hatten ähnliche

Merkmale." Ich schüttle den Kopf. „Aber es war nicht das, was ich dachte. Ganz und gar nicht. Und ich fand etwas heraus… das ich wirklich nicht wissen wollte."

Jetzt drückt sie meine Finger. „Es tut mir leid."

Ich räuspere mich, weil ich überhaupt nicht daran gewöhnt bin, irgendjemandes Mitleid zu erhalten, aber ich werde nichts zurückweisen, das von meiner liebevollen Führungsoffizierin kommt. Alles an ihr ist zu rein, zu roh. Zu wertvoll.

„Ich denke, das Wichtige ist, keine Entscheidung darüber zu fällen, ob sie gut oder böse waren. Oder was das über dich aussagt. Ich meine, ist es möglich, ihn einfach als deinen Vater in Erinnerung zu behalten?"

Sie lässt meine Finger los und ihr Mund verzieht sich zu einer schiefen Grimasse. „Jetzt klingst du wie Direktor Scape."

Unser Essen wird gebracht und ich muss tief durchatmen, damit ich mich nicht auf das Fleisch stürze, bevor der Teller abgestellt wurde.

„Das ist nicht das, was ich meinte", sage ich zwischen großen Bissen von meinen Burgern. „Ich meine nicht, dass du etwas vortäuschen oder an ein Märchen glauben sollst. Ich meine nur, dass du die guten Erinnerungen ehren und die Verurteilung des Rests zurückhalten sollst."

Traurigkeit schwappt über sie und einige weitere Tränen fallen, aber sie nickt. „Ja, das macht Sinn. Ich werde es versuchen."

Fuck. Es bringt mich um, sie weinen zu sehen. Ich schlucke den letzten Happen meines Burgers. Annabel ist zu aufgelöst, um zu bemerken, dass ich in drei Minuten Essen verschlungen habe, das anderen drei Tage lang reicht.

„Komm her", befehle ich barsch und strecke eine Hand aus. Sie erhebt sich von ihrem Platz und sucht in meinen

Armen Schutz. Ihr Gewicht auf meinem Schoß fühlt sich so gut, so richtig an. Sie schnieft leise und ich streichle ihren Rücken. „Ich hab dich. Lass es raus."

Ihre Hände ballen sich in meinem Shirt, während sie schluchzt und bebt. Das Monster in mir heult leise und leidet mit unserer Gefährtin. Ich bleibe reglos und zwinge das Raubtier in mir zur Ruhe. Wenn es nach dem Monster ginge, würde es jetzt Amok laufen und in Reaktion auf den Schmerz unserer Gefährtin töten und jagen. Ich sauge ihren Geruch in meine Lungen, bis das Verlangen nach Gewalt fortgeschwemmt wird und nur noch Annabel zurückbleibt.

Als sie sich wieder aufsetzt, ist mein Shirt nass von ihren Tränen. Ihre Augen sind rot und ihre Haare kitzeln meine Nase.

Sie sah noch nie hübscher aus.

Ich bin den Großteil meines Lebens vor dem davongerannt, wer ich bin, vor meinen Gefühlen und meinem Schmerz. Wie ironisch, dass ich, sowie ich akzeptiere, was aus mir geworden ist, das großartigste Geschenk von allen erhalte – eine Frau zum Lieben. Ein Geschenk, das ich niemals annehmen kann. Sie verdient besseres als mich. Einen anderen besseren Mann, der sie wertschätzen und beschützen wird. Wird er an ihrer Seite kämpfen und sie so trösten? Der Gedanke veranlasst mein Monster dazu, vor Zorn an den Gittern seines Käfigs zu rütteln. Meine Muskeln zittern vor Verlangen, sich zu verwandeln. Ich knirsche mit den Zähnen und kämpfe es nieder. Es wird immer schwerer, es unter Kontrolle zu kriegen.

Je länger ich bei ihr bleibe, in desto größerer Gefahr schwebt Annabel. Ich gehe besser bald, so lange der einzige Preis, den sie bezahlen wird, ein paar Tränen sind. Wenn ich zu lange warte, wird der Preis höher sein. Ich kann es nicht riskieren, dass das Monster ihr wehtut… oder schlimmeres.

Ich werde das nicht zulassen. Ich werde gehen, bevor ich Annabel wehtue, auch wenn das alles zerstört, das wir gemeinsam haben. Das Fleisch in meinem Magen wird bei diesem Gedanken sauer und das Monster jault wegen des Verlusts.

Bald, aber nicht heute Nacht. Ich halte Annabel fester und genieße diesen wertvollen Moment, in dem ich weiß, dass ich alles, das ich jemals wollte, in meinen Armen halte.

Annabel

CHARLIE FÄHRT ZUR NATIONAL MALL, wo wir über die vom Mondlicht beschienenen Pfade und Wiese vor den *Smithsonian Museums* laufen.

Man würde meinen, dass er sich langsam bewegen würde, nachdem er drei Hamburger verschlungen hat, aber es ist, als hätte er noch immer Energie zu verbrennen. Ich frage mich, wie schnell der Metabolismus eines Geheimagenten arbeitet. Zweimal so schnell wie der einer normalen Person? Dreimal?

Charlie Dune als Mann kennenzulernen, nicht nur als Superagenten, ist genauso aufregend, wie ihn in Superagenten-Aktion zu beobachten. Jede Minute, die ich mit ihm verbringe, vertieft mein Interesse an ihm und vergrößert mein Verlangen.

Auch wenn dieses ganze Abenteuer furchterregend ist, will ich nicht, dass es endet.

Denn ich weiß, wenn es das tut, werden Dune und ich getrennter Wege gehen müssen.

Natürlich weiß ich nicht einmal, ob überhaupt noch eine Möglichkeit besteht, in unsere alten Jobs und unser altes

Leben zurückzukehren. Sind wir beide zu weit vom Weg abgewichen, um wieder aufgenommen zu werden?

Charlie verschränkt seine Finger mit meinen, als seien wir ein Paar – Freund und Freundin. Ich mag das viel zu sehr.

„Also was jetzt?", frage ich, obwohl das eigentlich meine Mission ist. Dennoch brauche ich es, dass mir Charlie sagt, was wir tun sollen. Ich bin der Situation jetzt nicht mehr gewachsen.

„Was willst du tun, Annabel?"

Ich wusste, dass er das fragen würde, aber ich habe trotzdem keinen blassen Schimmer. „Ich weiß es nicht", seufze ich. „Was denkst du?"

Charlie schweigt einen langen Moment. „Wenn ich an deiner Stelle wäre? Ehrlich? Ich würde weitergraben. Irgendetwas stinkt gewaltig an dieser Sache. Aber wenn du es beenden, wenn du zu deinem Job zurückkehren und dieses Kapitel hinter dir lassen willst, denke ich, dass wir es noch immer schaffen könnten, unsere Jobs wieder zu kriegen. Es liegt an dir."

Ich atme scharf ein. „Ich habe den Gefallen, den du mir geschuldet hast, mehr als ausgereizt."

Er bleibt stehen und dreht mich zu sich. „Hier geht es nicht um den Gefallen. Das musst du wissen. Ich bin für dich da, Annabel. Ich werde auf gar keinen Fall zulassen, dass du oder die Leute, die du liebst, verletzt werden." Er zuckt mit seinen muskulösen Schultern. „Für mich ist die Sache ziemlich eindeutig. Solange du noch dabei bist, bin ich dabei."

Meine Augen brennen und ich blinzle Tränen zurück. Wie kann ich mich daran hindern, mit dem Kopf voran in das Meer namens Charlie zu stürzen? Aber ich muss es tun. Das hier ist ein Mann, der nicht einmal eine Stunde in einem Motelzimmer stillsitzen kann. Er wird nicht bei mir bleiben und eine „Beziehung" mit mir führen. Die Vorstellung ist lachhaft. Es war ja klar, dass ich mich ausgerechnet in einen Kerl wie meinen Dad verlieben würde – den Helden, der losziehen muss, um die Welt zu retten, anstatt die Sache mit dem weißen Lattenzaun durchzuziehen.

Ich fühle mich wie ein egoistisches Miststück, weil ich ihn in Gefahr bringe, aber sein Schutz bedeutet mir alles.

„Ja. Ich bin noch dabei. Und Charlie", ich greife nach oben und berühre sein Gesicht, „Dankeschön."

Seine Augen leuchten einen Moment im Mondlicht auf und er erobert meinen Mund mit dem gleichen Hunger, der uns jedes Mal zu überwältigen scheint. Doch jetzt sind wir in der Öffentlichkeit und er vögelt meinen Mund mit seiner Zunge und packt meinen Hintern mit seinen kräftigen Händen.

Ich lache und schiebe ihn von mir, denn täte ich das nicht, schwöre ich, dass wir in der Horizontalen auf der nächsten Parkbank landen würden.

Er blinzelt rasch und atmet gequält ein. „Dann wollen wir dich mal zurück ins Motel schaffen." Er schlingt einen Arm um meine Taille und führt mich zurück zum Ende des Einkaufszentrums, wo wir geparkt haben.

„Mich? Was ist mit dir?"

Er zögert eine Sekunde zu lang. „Ja, mich auch."

„Wohin gehst du?", frage ich scharf.

Sein Lächeln ist milde und reumütig. „Einer CIA Agentin entgeht auch gar nichts, was?"

„Nein. Was hast du vor?"

Er schüttelt den Kopf. „Nichts. Ich bin nur noch nicht genug gelaufen. Ich brauche Zeit für mich, um meinen Kopf zu klären. Das ist alles."

Irgendetwas an seinen Worten klingt, als entspräche es nicht ganz der Wahrheit, weshalb sich mein Magen verkrampft. Was hält Charlie vor mir geheim?

Kann ich ihm wirklich vertrauen? Oder ist das das ultimative Spiel?

Doch nein, er könnte die Leidenschaft, die er bei unserem Sex aufbringt, nicht vortäuschen. Er könnte die Worte nicht vortäuschen, die danach über seine Lippen kommen.

Oder?

~

CHARLIE

ICH LAUFE hinaus in die Nachtluft, weg von Annabels berauschendem Duft. Ich will sie bereits erneut für mich beanspruchen. Doch selbst wenn ich es tue, reicht es nicht. Dieses Verlangen, sie zu beißen – Visionen davon – steigen ständig in mir auf.

Ich schalte ein Wegwerfhandy an und wähle eine Tucson Nummer. Es sieht mir nicht ähnlich, irgendeinen Typen anzurufen und um Hilfe zu bitten. Zur Hölle, jeder weiß, dass Männer nicht anhalten, um nach einer Wegbeschreibung zu fragen, vor allem ich nicht. Aber ich weiß nicht, was zum Teufel ich als Nächstes tun werde und der Mond ist beinahe voll. Annabels Leben könnte in Gefahr sein.

Heute Nacht.

„Hallo?"

„Was passiert bei Vollmond?"

Der Gestaltwandler am anderen Ende der Leitung schweigt einen Augenblick. Dann sagt er: „*Dune*."

„Ja."

„Ich habe mich gefragt, ob du anrufen würdest."

„Beantworte meine Frage."

„Du denkst wirklich, dass du noch in der Position bist,

mich zu befragen? Versuch's noch mal, Arschloch." Er beendet den Anruf.

Okay, das habe ich absolut verdient. Ich bin ein Arschloch. Das erste Mal, als ich Jared begegnete, mischte ich mich ein, als die örtlichen Polizisten bei einem illegalen Käfigkampf eine Razzia durchführten, an dem er beteiligt war, und übernahm seine Befragung. Ich hatte gesehen, wie seine Augen die Farbe gewechselt hatten, so wie es die meines Vaters getan hatten, soweit ich mich erinnerte. So wie es Nashs Augen – ein Kerl, den ich aus der Spezialeinheit kannte – getan hatten. Ich dachte, sie wären Teil eines Regierungsexperimentes. Was nur halbwegs stimmte.

Das zweite Mal, als ich Jared begegnete, folgte ich seinem Rudel auf eine Rettungsmission nach Honduras, wo ich sah, wie sich die Rudelmitglieder vor meinen Augen verwandelten – sie wurden zu Wölfen, Löwen, ein Hund, sogar eine Eule.

Das Unmögliche zu sehen, aktivierte irgendetwas in meiner eigenen Biologie. Mein Status als Halb-Gestaltwandler machte mich verletzlich und die schlafende Fähigkeit kämpfte sich an die Oberfläche. Jared erwischte mich beim Spionieren und befahl mir, mich zu verwandeln.

Und so realisierte ich, dass ein gigantischer silberner Wolf in mir gefangen war.

Ich wähle seine Nummer erneut. „Guten Abend, Agent Dune." Jetzt macht er sich über mich lustig.

„Es tut mir leid." Es kostet mich einiges, das zu sagen. Ich kann alles sein, jede Rolle für den Job spielen, die ich einnehmen muss, aber das hier ist die Realität und ich weiß irgendwie intuitiv, dass Dominanz innerhalb eines Rudels alles bedeutet. Mein Wolf kann es nicht ertragen, dass ich vor Jared zu Kreuze krieche. „Bitte." Das kostet mich wieder einiges. „Was passiert bei Vollmond?"

„Du wirst Jagen wollen. Mehr rotes Fleisch essen wollen. Geh raus und verwandle dich. Hast du einen sicheren Ort, wo du rennen kannst?"

Ich wünschte bei Gott, ich wäre bei meiner Hütte in Kalifornien. „Nicht im Moment."

„Das ist ein Pech." Dann sagt er scharf: „Hast du eine Frau bei dir?"

Mein Körper spannt sich in Erwartung dessen, was er sagen wird an. „Warum?"

„Es kann das Verlangen schlimmer machen – falls dein Wolf sie als seine Gefährtin ausgesucht hat. Du kannst mondverrückt werden, wenn du keinen Anspruch auf sie erhebst. Vor allem bei Vollmond."

Die Welt dreht sich um mich und bleibt an einer Stelle stehen – einer schlechten Stelle. „*Was ist mondverrückt?*" Ich weiß bereits, dass es das ist, was mit mir passiert. Warum sonst würde ich meine Zähne in Annabels Fleisch schlagen wollen?

„Das Tier kann die Kontrolle übernehmen. Dabei solltest du nicht ohne ein Rudel sein. Es ist dein erster Mond. Wo bist du, Mann? Kannst du nach Tucson kommen? Wir können dir helfen."

„Äh… das ist vermutlich nicht möglich. Nein."

Jared grummelt ein bisschen. „Soll ich zu dir kommen?"

Ich bin leicht schockiert von dem Angebot. Das würde er für mich tun? Ich kenne den Kerl kaum und die Interaktionen, die wir hatten, waren nicht gerade herausragend.

„Das kommt auch nicht infrage. Aber danke. Ich weiß es zu schätzen." Ich tigere um die Rückseite des Motels. „Was meinst du damit, dass das Tier die Kontrolle übernimmt? Im Sinne davon, dass es zu jagen versucht? Jagt es Menschen?"

„Es bedeutet, dass du deine Menschlichkeit verlierst. Ja, es ist möglich, dass du Menschen jagst. Wenn das passiert, wirst du ausgeschaltet werden müssen. Deswegen solltest du es nicht allein tun. Wo ist die Frau? Ist sie ein Mensch?"

„Natürlich ist sie ein verdammter Mensch", blaffe ich. Dann schüttle ich den Kopf, als könnte ich damit die Angst abschütteln, die mein Rückgrat hochjagt. Es ist nicht meine Art, die Beherrschung zu verlieren. Oder Angst zu haben. Aber wir reden hier über Annabel.

„Sich mit einem Menschen zu paaren, ist eine Herausforderung, aber es ist möglich."

„Ich werde mich nicht mit ihr paaren, wenn ich durchdrehen und sie bei jedem möglichen Vollmond töten könnte."

„Nun –"

„Danke für deine Hilfe", unterbreche ich ihn. „Ich werde es selbst rausfinden."

Wie ich das schon immer getan habe. Ich beende den Anruf. Es klingelt, gerade als ich das Wegwerfhandy unter meinem Absatz zerquetsche, damit es nicht zu mir zurückverfolgt werden kann.

Zum Teufel mit allem.

Ich werde Annabel bis morgen Nacht an irgendeinen sicheren Ort und weit weg von mir bringen müssen. Ich kann es nicht riskieren, in ihrer Nähe zu sein, wenn das Monster übernimmt.

Als ich zu dem Motelzimmer zurückkehre, trägt Annabel einen verletzlich-misstrauischen Gesichtsausdruck zur Schau.

„Mit wem hast du dich getroffen?"

Ich ziehe eine Augenbraue hoch. Ich bin versucht, der Frage auszuweichen, aber erneut gewinnt der Drang, sich bei ihr so nah wie möglich an die Wahrheit zu halten.

„Ich musste einen Anruf machen. Nicht in Bezug auf diese Mission. Wegen meiner letzten. Der Persönlichen. Hab nur versucht, das Ganze zu einem Abschluss zu bringen."

Ihre Miene wird weich, ihre Augen warm. „Die, bei der es um deinen Dad ging?"

Mein Magen verknotet sich. „Ja."

Er war ein Monster wie ich.

Ich will ihr alles erzählen, aber sie hatte genug Schocks für einen Tag. Ich weiß nicht, ob sie diese Information auch noch verarbeiten könnte. Morgen werde ich es ihr erzählen, falls ich muss. Um sie zu beschützen.

„Ich habe mich noch in ein paar Seiten gehackt", sagt sie. „Ich hatte nur so ein Gefühl und rief die Kontoauszüge von Direktor Scape von 1992 auf. Rate mal, was ich gefunden habe?"

Meine clevere, clevere Führungsoffizierin. „Was?"

„Eine sehr große Einzahlung auf Scapes Konto von einer Firma namens *American Trade Assets*. Und mehrere Einzahlungen, die bis 1990 zurückreichen."

„Was ist *American Trade Assets*?"

„Das ist der interessante Teil. Sie sind eine politische Organisation, die hauptsächlich daran interessiert ist, die amerikanischen Handelsinteressen zu fördern. Insbesondere in Nord- und Südamerika."

„Also glaubst du, dass sie vielleicht ein Projekt zur Destabilisierung des Friedens finanziert haben könnten?"

„Das ist genau das, was ich denke. Scape war der direkte Vorgesetzte meines Dads. Er hätte das Geld nehmen und meinen Dad auf die Mission schicken können."

Ich hasse es, die nächste Frage zu stellen. „Hast du auch das Bankkonto deines Dads überprüft?"

Sie setzt sich aufrechter hin. „Jepp."

„Und?"

„Nichts Ungewöhnliches. Nur seine üblichen Checks von der Marine."

„Vielleicht hat er deinem Dad nicht befohlen, die Mission

zu vollenden. Er hätte auch hingehen können, um es selbst zu tun, und dein Dad kam ihm in die Quere", schlage ich vor.

„Ja, das ist auch eine Möglichkeit. Vielleicht kann ich mehr von Senator Flack erfahren."

Es gefällt mir nicht, aber sie hat vermutlich recht. Er ist eine gute Spur. „Ja. Ruf ihn morgen an und vereinbare ein Treffen mit ihm."

Ich strecke die Hand aus, um ihre Haare zu berühren, dann ziehe ich sie zurück. Trotz unseres wilden Sex vorhin brenne ich darauf, sie erneut zu nehmen.

Ruhig Blut Junge.

„Ich werde duschen gehen", brummle ich.

Eine sehr, sehr kalte Dusche.

KAPITEL ACHT

nnabel

„IST DAS EINE SCHLECHTE IDEE?", frage ich Charlie zum
fünfzigsten Mal, seit ich Senator Flack mit einem neuen
Wegwerfhandy angerufen habe, um ein Treffen zum Mittagessen zu verabreden.

„Ich werde dich die ganze Zeit im Blick behalten und
zuhören. Nichts wird passieren." Charlie rückt den Kragen
meiner Bluse gerade, an dem der winzige Hörer des Funkge-
rätes angebracht ist. Das andere Teil steckt in meinem Ohr,
aber es ist so klein, dass es niemand bemerken würde, selbst
wenn meine Haare es nicht verdecken würden.

Oh guter Gott, ich werde das niemals durchziehen
können. Ich tauge nicht zur Geheimagentin, das steht mal
fest.

„Ich könnte mittlerweile von der CIA gesucht werden.
Wir könnten beide gesucht werden. Was, wenn er das weiß,
und jemand dort ist, um mich zu verhaften?"

„Du hast die Datenbank bereits überprüft. Rein gar nichts wurde über einen von uns vermerkt. Was untermauert, dass an diesem Fall etwas faul ist."

„Wie meinst du das?"

„Ich meine, wenn das hier ein simpler Fall wäre, bei dem du Befehle missachtet und dich geweigert hast, zur Arbeit zu erscheinen, würde das sofort in deiner Akte stehen. Es würde in meiner Akte erwähnt werden. Es würden Maßnahmen ergriffen werden – einwandfreie Maßnahmen. Doch es gibt nichts dieser Art. Was bedeutet, dass derjenige, der sich mit dir angelegt hat, nicht einwandfrei handelt. Ob es Tentrite oder Direktor Scape oder beide sind, kann ich nicht sagen. Aber vielleicht wird dir dieses Mittagessen weitere Informationen liefern."

„Sollte ich ihm erzählen, was gerade los ist?"

Charlie betrachtet mich einen langen Moment. „Ich würde es nicht tun, aber ich vertraue auch niemandem."

Ich schlucke. „Du vertraust mir." Ich weiß nicht, warum ich nach seiner Bestätigung hasche – ich muss mich nicht wie eine anhängliche Freundin verhalten, vor allem nicht in Momenten wie diesen. Oder vielleicht *liegt* es auch an diesem Moment. Ich habe Angst. Mein Leben ist in Gefahr. Und Charlie ist der einzige Mann auf meiner Seite.

Er umfängt meine Hüfte. „Ja. Ich vertraue dir." Es scheint ihm schwer zu fallen, das zu sagen, was mich glauben lässt, dass er es tatsächlich ernst meint.

Wir nehmen die Metro zur Union Station. Charlie spielt die Rolle des „elegant gekleideten Geschäftsmanns" mit einem Anzug und Krawatte. Er trägt ein rosa Button-down-Hemd und eine Krawatte in verschiedenen Tönen von Grau, Lila und Rot, wofür ich ihm applaudieren möchte. Er ist eindeutig mehr als Mann genug, um die weiblichen Farben tragen zu können. Die ganze Zeit macht er diese Bluetooth-

Kopfhörer-Reden Sache, indem er über Bestellungen und Lieferungen plappert. Währenddessen sieht er sich um, als würde er nichts sehen, als wäre er nur in seine eingebildete Unterhaltung vertieft, aber ich weiß, dass er alles und jeden erfasst.

Als wir an der Union Station aussteigen, ist der Bahnhof rappelvoll.

Irgendetwas geht hier vor sich.

„Oh Gott", murmle ich, sodass Charlie mich hören kann. „Es ist ein verflixter Flashmob." Leuten jeden Alters schließen sich an, singen und tanzen zu *Grease Lightning*.

„Perfekt", antwortet Charlie. „Wenn die Menge abgelenkt ist, ist das immer zu unserem Vorteil. Tu einfach so, als würdest zu zuschauen, während du in der Menge unter-tauchst. Ich werde dich im Blick behalten. Schau nie zurück zu mir."

„Okay." Ich befolge seine Anweisungen, lächle den Tänzern zu und stelle mich auf meine Zehenspitzen, als wolle ich mehr sehen, während ich mich durch die Menge zur anderen Seite schlängle.

In der Gasse hinter dem Bahnhof herrscht noch mehr Chaos. Straßensperren wurden errichtet und eine Menge hat sich um diese versammelt. „Was ist hier los?", frage ich jemanden, der angehalten hat und zuschaut.

„Sie drehen einen Film. Ich hörte, es sei ein neuer *Termi-nator*, aber ich glaube nicht, dass das stimmt."

„Das ist gut für mich, schlecht für dich. Überquer die Straße und lauf dort, wo der Weg frei ist. Ich werde in der Menge untertauchen."

„Verstanden." Ich überquere die Straße, wobei meine Highheels über den Asphalt klackern. Das Restaurant, das mir Senator Flack nannte, befindet sich in einem Hotel. Ich betrete die Lobby und scanne die Gesichter, aber sehe den grauen Kopf des Senators nicht. Als ich der Hostess meinen Namen nenne, reicht sie mir einen Zettel mit einer Nachricht, die der Senator darauf notiert hat.

„Planänderung", informiere ich Dune, während ich zu den Aufzügen laufe. „Wir treffen uns in seiner Hotelsuite. Vierter Stock."

Charlie flucht. „Welche Zimmernummer?"

Ich nenne sie ihm und er schweigt einen Augenblick. „Alles in Ordnung?"

„Ja, aber das gefällt mir nicht. Er will wahrscheinlich nur mehr Privatsphäre. Und es ist nicht ungewöhnlich für Politiker, eine Hotelsuite als Treffpunkt zu benutzen. Insbesondere, wenn sie zum Wahlkampfteam gehören."

„Wahlkampfteam?", frage ich, während ich mich durch eine Gruppe Touristen schlängle, die auf die Aufzüge wartet. Es wird schneller sein, einfach die Treppe zu nehmen.

„Yeah, hast du das nicht gehört? Senator Flack befindet sich in der engeren Auswahl der Vizepräsidentschaftskandidaten. Die Vorwahlen sind erst in einem Jahr, aber er macht sich dafür bereit, daran teilzunehmen."

„Verdammt", schnaufe ich und halte an der Tür zum Treppenhaus an. „Hey, ich nehme die Treppe. Ich werde vielleicht das Signal verlieren."

„Geh hoch. Ich werde direkt hinter dir sein."

PLÖTZLICH WERDE ich von zwei Männern in Anzügen flankiert und der Lauf einer Pistole wird mir in die Rippen gebohrt. „Sag kein Wort."

Der Atem entweicht mir in einem Schwall. Bevor ich realisiere, was passiert, drängen mich die zwei Kerle zurück zu dem Treppenhaus, das ich gerade verlassen habe.

„Was ist los? Wohin gehen wir?", kommentiere ich um Charlies willen.

Die Pistole wird fester gegen mich gedrückt. „Ich sagte kein Wort."

„*Nein*." In Charlies scharfer Stimme schwingt Bedrohlichkeit mit. „Geh nirgendwo mit ihnen hin. Wenn sie dich umbringen hätten wollen, dann wärst du bereits tot. Ich bin fast da."

Ich schubse den Kerl mit der Pistole von mir und ducke mich nach hinten. Sie stürzen sich beide nach vorne und packen meine Arme. „Hilfe! Feuer!", brülle ich. Keine der Hoteltüren öffnet sich, aber vielleicht wird jemand die Polizei rufen.

Die zwei Typen reißen mich die erste Treppenflucht nach unten und ich verliere meinen Halt. Sie schleifen mich vorwärts, wobei mein Fuß gegen die Betonstufen donnert.

„Hilfe!", schreie ich lauter. Meine Stimme hallt in dem geschlossenen Raum wider.

„Halt die Klappe", schimpft einer und hebt mich einfach von den Füßen, während sie die nächste Treppenflucht nach unten rennen.

Dann höre ich es – wildes Fauchen, unheimliches, schreckliches Knurren. Es kommt von unter uns.

„Was zum Henker ist das?" Die Typen bleiben auf der Treppe stehen.

„Wahrscheinlich ein Hund."

Das Knurren wird lauter und ich erkenne den Laut. Es ist der gleiche Laut, den ich vor zwei Nächten vor der Hütte hörte.

„Geh und sieh nach." Ein Kerl reißt mich näher zu sich und der andere sprintet die Treppe nach unten.

Ich trete den Kerl, der mich festhält, und kassiere für den Ärger, den ich verursache, einen Schlag mit der Pistole. Die

Welt dreht sich einen Augenblick und ich klammere mich an meinen Entführer, um das Gleichgewicht wahren zu können.

In dem Treppenhaus hallt ein schauriges Brüllen wider.

Das ist kein Hund. Der Typ, der mich festhält, kommt zum gleichen Schluss, denn er fängt an, mich wieder die Treppe hoch zu zerren. Ich ergreife die Gelegenheit, um mich gegen ihn zu wehren. Als ich falle, reißt er mich an den Haaren wieder hoch. Sterne explodieren hinter meinen Augen.

Irgendetwas springt die Treppe hoch, ein weißer Blitz. Ich erstarre, dann krabble ich hektisch rückwärts. Ich schreie, als eine Pistole mehrere Male neben meinem Kopf losgeht. Die Schüsse können das scharfe Ping nicht übertönen, als einige der Kugeln abprallen. Ich schlage die Arme über meinen Kopf und lasse mich auf den Beton fallen.

Das gigantische haarige Ding heult vor Schmerz auf, aber kommt immer näher. Bevor ich noch mal schreien kann, springt es mit einem Satz an mir vorbei.

Ehe ich mich versehe, hallen die Schreie des Kerls durch das Treppenhaus. Ich schaue hin und bereue es sofort. Der riesige Wolf hat seinen Kiefer um den Arm des Typen geschlossen und drückt ihn mit seinem Gewicht nach unten. Blut spritzt in alle Richtungen und mein ehemaliger Entführer brüllt – nur, um zum Verstummen gebracht zu werden, als sich der Wolf nach vorne stürzt und…

Adrenalin zwingt mich vom Boden in die Höhe. Meine Schuhe fliegen mir von den Füßen und ich renne die Treppe nach unten, wobei ich die fürchterlichen, reißenden Geräusche hinter mir ignoriere.

Ich bleibe nicht dort, um die nächste Mahlzeit zu werden. Ich fliege die Treppe nach unten und stoppe kaum, als ich auf dem Weg den zerfleischten Körper meines zweiten Entführers passiere. Ich rutsche leicht auf dem verschmierten Blut aus und mein Magen schlägt einen Salto. Ich bin zu sehr damit beschäftigt, um mein Leben zu rennen, um anzuhalten und mich zu übergeben.

Ich erreiche den Ausgang und lande in einer Gasse. Ich taumle schwer keuchend durch die Gasse, doch nichts folgt mir. Mein Kopf pocht, meine Haare sind ein einziges Durcheinander, meine Kleider sind zerknittert – aber ich lebe noch. Ich reiße mir die blutige Strumpfhose – sie ist ohnehin zerrissen – von den Beinen und berühre den Kopfhörer in meinem Ohr.

„Charlie?" Meine Stimme zittert. Es erklingt keine Antwort. Oh Gott – er sagte, er sei direkt hinter mir. Hat ihn der Wolf auch erwischt? Es war der Wolf von der Hütte – da bin ich mir sicher, aber das kann nur eines bedeuten.

Er jagt mich. Ist das irgendein neues gruseliges Projekt der CIA?

Ich renne barfuß davon. Ich weiß nicht, ob das dumm oder genial ist, aber ich haste in das Chaos der Dreharbeiten, ducke mich unter dem Absperrband hindurch und renne durch die Menge.

„Hey! Sie dürfen hier nicht sein! Hey!", brüllen mir Stimmen hinterher, aber ich drehe mich nicht um. Meine Füße reißen auf dem Asphalt auf, aber ich stoppe nicht.

Ich weiß nicht, wohin ich gehen soll. Weiß nicht, was ich tun soll.

Oh Gott was ist gerade passiert? Was war das in dem Treppenhaus? Bilder, die ich gerade sah, blitzen in meinem Kopf auf und ich würge, mein Magen verkrampft sich.

„*Annabel!*" Der Laut in meinem Ohr schockiert mich so sehr, dass ich kreische.

„Charlie! Wo bist du?"

„Annabel, rede mit mir. Ich habe ein Auto gestohlen. Ich werde in neunzig Sekunden bei dir sein. Wo bist du?"

Es liegt eine solche Autorität in seinen Worten, diese Sicherheit, die er immer ausstrahlt, dass mich Erleichterung durchflutet. „Ein Block südlich von den Dreharbeiten, Seitengasse, in einem Türeingang."

„Warte auf mich."

Ich höre das Quietschen von Reifen durch den Kopfhörer.

Er ist auf dem Weg zu mir. Er hat mich beschützt, wie er es versprochen hat. Und er wird wissen, was zu tun ist.

CHARLIE

HEILIGE SCHEISSE. Heilige Scheiße. Heilige Scheiße.
Ich habe gerade Menschen angegriffen. Ich habe Menschenblut in meinem Mund. Ich musste es mir von der Brust wischen. Das Furchterregendste daran – oder vielleicht ist es auch das Vernünftigste – war, dass ich nicht das Monster war. Das war ich, nur in Wolfgestalt. Mein Kopf war klar. Meine Instinkte und Reflexe waren noch schneller als normal.

Ich griff schnell an, machte die Angreifer bewegungsunfähig und erreichte Annabel. Ich eliminierte beide Bedrohungen, obwohl ich eine Kugel im Rücken einfing. Dann besaß ich die Vernunft, zurückzugehen und das Funkgerät und meine Kleider samt meinem Handy an mich zu nehmen, anschließend dieses Auto zu stehlen und wieder Kontakt zu Annabel aufzunehmen.

Annabel.

Sie ist vermutlich am Durchdrehen. Was werde ich ihr erzählen?

Ich biege rasant in die Gasse, gerade als ein Schuss ertönt. Er trifft mein Auto.

Verdammt, ich wurde entdeckt. Ein blauer Buick ist direkt hinter mir und – oh fuck – noch ein Auto fährt los und blockiert das andere Ende der Gasse.

Ich trete auf die Bremsen, als ich Annabel sehe. „Steig ein!"

Sie schaut links und rechts die Gasse hinunter und Entsetzen lässt ihre grauen Augen riesig werden. Sie stinkt nach Angst und Erbrochenem. „Wo – egal." Sie springt in das Auto.

Ich weiß ihr Vertrauen in mich wirklich sehr zu schätzen.

„Schnall dich an." Ich lege den Rückwärtsgang ein und fahre mit voller Geschwindigkeit rückwärts, wodurch ich in den Buick krache. Das Knirschen von Metall und zersplitterndem Glas explodiert hinter uns. Ich wechsle den Gang, trete auf das Gaspedal und rase nach vorne. Ich werde die Mistkerle aus dem Weg rammen, insbesondere nach diesem fliegenden Start.

„Hol die Pistole aus deiner Handtasche."

„Oh!" Ich denke, sie hat vergessen, dass ich sie heute Morgen dort reingetan habe. Meine eigene Waffe ging verloren, als ich mich verwandelte.

Eine Kugel zertrümmert unsere Windschutzscheibe. „Duck dich! Erwidere das Feuer, wenn du kannst."

Der Fahrer des Autos am Ende der Gasse bewegt sich gerade rechtzeitig, da er anscheinend kein Interesse daran hat, zerquetscht zu werden. Ich rase an ihm vorbei und drücke das Gaspedal durch und alle vier Räder drehen sich in der Luft, als wir über eine Bodenwelle fahren.

„Oh mein Gott, oh mein Gott, oh Herrgott", krächzt Annabel, aber sie hat die Pistole aus dem Fenster und hinter uns gerichtet, bereit zum Feuern.

Sie schießen auf unsere Heckscheibe und ich drücke Annabels Kopf wieder nach unten. Drei Abzweigungen und ich befinde mich auf einer großen Durchgangsstraße. Der Verkehr fließt nur zäh, was zu unserem Vorteil ist. Ich fädle in den Verkehr rein und raus und als ich ein großes Parkhaus sehe, fahre ich mit quietschenden Reifen in dieses.

„Wohin fährst du?"

„Wir müssen dieses Auto loswerden." Ich fahre in dem Parkhaus nach oben, bis ich einen Parkplatz finde, und wir springen beide aus dem Wagen. Ich trage nur noch die Fetzen meiner Hose, die ich festhalten muss, aber wenigstens habe ich mein Handy, auf dem die Software installiert ist, um jedes Auto zu öffnen, das mit einem elektronischen Schlüssel geöffnet werden kann.

Ich suche mir ein Auto aus und knacke das Schloss. „Du fährst, ich schieße." Ich nehme Annabel die Pistole ab. „Wie viele Kugeln sind noch übrig?"

„Ähm…"

„Wie viele Schüsse hast du abgegeben?", ändere ich meine Frage.

„Drei? Vier?"

Ich nicke. Also habe ich mindestens zehn Kugeln in dem Magazin übrig und von unseren Verfolgern ist weit und breit nichts zu sehen. Wenn wir Glück haben, haben wir sie abgeschüttelt.

„Wohin?" Annabel fährt rückwärts vom Parkplatz.

„Fahr auf den Washington Memorial Highway." Ich habe keinen richtigen Plan, aber ich glaube, Otis könnte einen Ort kennen, an dem wir uns verstecken können, während wir unsere nächsten Schritte planen. Die Augen auf den Rück- sowie die Seitenspiegel geheftet, rufe ich meinen Kumpel an.

„Hm-hallo?"

„Ich brauche einen Unterschlupf, der wirklich sicher ist." Wirklich sicher bedeutet, dass selbst die CIA ihn nicht kennt.

Otis stößt einen Fluch aus. Er schweigt einen Moment, dann sagt er: „Ich habe eine Hütte, wo ich fischen gehe. Sie ist einige Stunden entfernt. Ist das zu weit?"

Eine Hütte klingt tatsächlich perfekt angesichts meines *haarigen Schwanzes und den Mond anheulen* Problems. „Nein, das ist in Ordnung."

„Wir treffen uns am Rocky Run Park in Arlington, damit ich dir den Schlüssel geben kann. Brauchst du sonst noch was?"

„Yeah, Waffen, eine ganze Menge. Und Computerausrüstung. Alles, das du erübrigen kannst."

„Ich werde dich ausstatten. Wie lange, bis wir uns treffen können?"

Ich knirsche mit den Zähnen. Der Verkehr auf dem Highway ist beinahe zu einem Stillstand gekommen. Das ist nicht ungewöhnlich auf diesem Highway – es muss irgendwo vor uns einen Unfall gegeben haben, aber das gefällt mir nicht. „Fünfundvierzig Minuten. Vielleicht länger."

„Ich werde da sein."

„Danke, Otis." Ich beende den Anruf und mustere wieder den Verkehr. Es ist vermutlich keine Polizeisperre, die auf der Suche nach uns ist. Andererseits…

Annabel klopft mit der Spitze ihres Zeigefingers auf das Lenkrad. Es ist ein nervöser Tick, den sie hat – ich habe sie das zuvor schon tun sehen.

„Charlie…" Die Furcht in Annabels Geruch sorgt dafür, dass ich in höchster Alarmbereitschaft bin. „Vorhin im Hotel, ich…"

„Es ist okay, Baby", tröste ich sie, als ihre Stimme erstirbt. Der Verkehr stoppt komplett und ich nutze die Gelegenheit, um ihre Hand zu nehmen und zu drücken. „Du hast dich super geschlagen. Ich hätte dich nie allein reinschicken sollen. Jemand muss uns gefolgt sein und die Männer geschickt haben, damit sie dich schnappen." Entweder Agentin Tentrite oder Direktor Scape. Wer auch immer es war, sie ließen die Situation eskalieren. Sowie ich herausfinde, wer von ihnen das Mörderduo losgeschickt hat, werde ich das demjenigen heimzahlen.

„Das ist es nicht." Sie erschaudert.

„Rede mit mir", befehle ich so sanft, wie ich kann.

„Ich weiß nicht, was passiert ist", flüstert sie beinahe. „Die Männer erwischten mich oben vor dem Treppenhaus – fingen an, mich nach unten zu schleifen. Dann –" Ihr Gesicht wird weiß. Es bringt mich um, dass ich sie nicht in die Arme nehmen kann. „Hörte ich etwas."

„Was, Baby?", frage ich, obwohl ich es bereits weiß. Mein Körper spannt sich erwartungsvoll an.

„Es war ein Knurren. Ein Tier – dieser Wolf. Ich weiß, das klingt verrückt, aber ich schwöre, es war der gleiche Wolf wie bei der Hütte. Er kam die Treppe hoch und –" Sie stoppt und schlägt sich die Hand vor den Mund.

Ich streichle mit einer Hand über ihren Rücken. „Es ist okay", murmle ich immer wieder, obwohl ich mich so krank fühle, wie sie aussieht. Was wäre passiert, wenn ich zu spät gekommen wäre? Oder wenn das Monster in mir die Kontrolle übernommen und die Jagd fortgesetzt hätte? Wie viele Menschen wären gestorben?

Mit einem scharfen Kopfschütteln erholt sie sich. „Mir geht's gut", sagt sie auf eine Weise, die mich denken lässt, dass sie sich selbst einen Befehl erteilt. „Mir geht's gut. Ich brauche nur einen Moment."

Ich ziehe meine Hand weg. Ich verdiene es nicht, sie zu berühren. „Nimm dir so viel Zeit, wie du brauchst."

„Ich weiß, du denkst, dass ich verrückt bin –"

„Nein, Baby", unterbreche ich sie, aber sie scheint mich nicht zu hören.

„ – aber ich schwöre, es war ein Wolf. Es hätte ein Hund sein können, aber…" Sie starrt aus dem Fenster. Ich wünschte, ich könnte etwas sagen, um sie zu beruhigen.

„Annabel…" *Ich bin das Monster, das du sahst.* Meine Zunge liegt schwer in meinem Mund. Mein Magen verknotet sich angeekelt vor meiner eigenen Feigheit.

„Ich weiß, du denkst, dass ich verrückt bin", wiederholt sie.

„Nein", sage ich. „Es ist möglich, dass diese Kerle ein… Angriffstier bei sich hatten."

„Aber es hat *sie* angegriffen. Nicht mich." Ihre Augen weiten sich. „Charlie, es hat mich gerettet."

Mein Mund ist trocken. Es spielt keine Rolle, wie kräftig ich geworden bin – ich kann Annabel nicht die Wahrheit erzählen. Ich bin nicht stark genug. Ich starre auf die roten Bremslichter vor uns und zucke zusammen, als jemand in der Nähe wütend hupt.

„Ich glaube…" Sie klingt nachdenklich. „Ich glaube, es versuchte, mir zu helfen."

„Was auch immer es war", krächzt meine Stimme, „versprich mir, dass du es beim nächsten Mal, wenn du es siehst, erschießt."

„Was?"

„So etwas ist gefährlich. Es hätte dich angreifen können. Wenn du es wieder siehst, erschieß es. Versprich mir das." Ich drehe den Kopf, damit sie die Verzweiflung auf meinem Gesicht sehen kann.

Ihre Augenbrauen ziehen sich zusammen. „Aber –"

„Annabel."

„Na schön", lenkt sie ein. „Ich verspreche es."

Die Bremslichter vor uns blinken. Der Verkehr hat sich in

mehreren Minuten nicht weiter als einen Zentimeter bewegt. Typisch für D.C. und dennoch...

„Irgendetwas stimmt da nicht." Meine Instinkte brüllen laut und deutlich eine Warnung. Noch bevor ich ein Wolf war, wusste ich, dass ich auf sie hören muss. „Ich habe ein schlechtes Gefühl bei dieser Sache, Annabel."

Ich sehe mich um. Ein Motorradfahrer stellt vor uns einige Spuren entfernt einen Fuß auf den Boden.

„Steig aus. Lass das Auto laufen. Folge mir." Ich verlasse das Auto, die Pistole in der Hand, aber halte sie an mein Bein, sodass sie halb versteckt ist. Ich husche zwischen den Autos die Spuren nach vorne, bis ich den Motorradfahrer erreiche.

Rasch hebe ich die Pistole und drücke sie an die Rippen des Kerls, indem ich sie durch die Tasche in seiner Jacke schiebe, sodass die Leute hinter uns es nicht sehen können.

Er wird vollkommen reglos, aber mustert uns von oben bis unten. Annabel hat keine Schuhe an.

„Wir müssen uns dein Bike ausleihen. Unser Auto steht dort hinten, es läuft noch."

Der Motorradfahrer schwingt sich ohne ein Wort von seinem Motorrad. Er muss die Hoffnungslosigkeit unserer Lage erkennen. Oder seiner.

„Gib ihr den Helm und deine Jacke."

Er macht ein finsteres Gesicht, aber tut, was ich verlange.

„Silberner Camry, linke Spur ganz außen."

Er läuft zu dem Wagen, wobei er uns über seine Schulter einen fragenden Blick zuwirft.

„Wir lassen dein Bike an einem Ort stehen, wo es die Polizei finden kann", informiere ich ihn.

„Wehe, wenn nicht", ruft er barsch zurück. Ich lächle beinahe. Er erinnert mich an die Wölfe in dem Rudel in Tucson, eine Motorradgang an Gestaltwandlern, die Käfigkämpfe organisieren und Nachtclubs führen und denen nachts die Straßen der Stadt gehören.

„Das wird ohne Schuhe schwer werden, aber ich werde das Fahren übernehmen", sage ich zu Annabel, während ich die Pistole in dem Holster verstaue, das an meinem Rücken befestigt ist, und klopfe auf den Sitz. Sie zieht die Jacke an und rafft ihre Röcke, um auf das Motorrad zu steigen, das viel zu groß für sie ist. Ich setze den Helm auf ihren Kopf und justiere den Gurt, dann steige ich vor ihr auf das Motorrad.

„Halt dich fest, Schatz", sage ich, lasse den Motor an und rase zwischen den Autos hindurch.

Ungefähr eine halbe Meile vor uns sehe ich, dass die Polizei die Ausfahrt und den Highway blockiert hat und sich nach vorne arbeitet. Ich lenke das Motorrad auf die Spur ganz links und stoppe es. „Steig ab."

Annabel steigt ab. Ich folge ihrem Beispiel und wuchte anschließend das Motorrad über die Leitplanke.

Annabel keucht. Ich keuche auch in meinem Kopf – ich sollte nicht in der Lage sein, eine Harley Davidson so in die Luft zu heben. Und ganz bestimmt nicht, ohne mir etwas zu zerren. Aber meine Kraft scheint jeden Tag zuzunehmen zusammen mit meiner Ausdauer und schärferen Sinnen.

Falls ich weiterhin als Geheimagent arbeite, könnte es wirklich nützlich sein, ein Wolf zu sein.

Aber das ist ein großes *Falls*.

Annabel und ich springen über die Leitplanke und steigen wieder auf.

Die Polizei sieht uns und brüllt. Ich starte das Motorrad, das leicht zur Seite rutscht, als wir in die entgegengesetzte Richtung davonrasen.

Sie werden etwas Ausgetüftelteres finden müssen als eine Straßensperre, um mich einzufangen.

KAPITEL NEUN

 _nnabel_

Ich recke den Kopf, um zu beobachten, wie die Lichter der Polizeiwägen hinter uns zurückbleiben. Charlie fährt wie ein Verrückter und lenkt das Motorrad durch schmale, von Mülltonnen gesäumte Gassen. Wir stoppen nicht, bis wir auf einer Straße sind, an der respektable Backsteinreihenhäuser stehen.

„Denkst du, wir haben sie abgeschüttelt?"

Charlie zuckt mit den Achseln. Die Anspannung ist nicht aus seinen Schultern gewichen. Bei allem, das passiert ist, geht mir allmählich der Schock aus, aber der Anblick von ihm, wie er das Motorrad hochhob, als sei es ein Spielzeug, ist für immer in mein Gedächtnis gebrannt.

Ich vermute, diese Superspione essen brav ihre Frühstücksflocken.

„Warum suchen die Cops nach uns?"

„Jemand hat einen Fahndungsbefehl rausgegeben. Ich bin

nicht mehr vertrauenswürdig und du wirst wahrscheinlich als Komplizin gesucht."

Ich lasse meinen Kopf an seine Schulter sacken. Er greift nach hinten und drückt mein Knie.

„Lass uns zu dem Unterschlupf fahren. Dann können wir daran arbeiten, deinen Namen und den deines Vaters reinzu-waschen."

Und herausfinden, wer Männer geschickt hat, um mich zu entführen. Mit dem Wolf kann ich mich momentan nicht einmal befassen. Ich habe meine Quote für Wahnsinn erreicht.

Charlie hält mich nicht für verrückt. Ich bin tatsächlich überrascht, dass er mich nicht weiter über den Wolf befragt hat. Vielleicht weiß er etwas, das ich nicht weiß, und es gibt einen neuen Trend, bei dem Hundestaffeln bei Observie-rungen und/oder Killerkommandos eingesetzt werden. Was zum Kuckuck könnte es sonst sein?

Als wir schließlich den Park erreichen, wo wir uns mit Otis treffen sollen, hat sich mein Magen beruhigt. Ich mag zwar nicht wissen, was zur Hölle bei dem Hotel passiert ist, aber eine Sache ist klar – bei Charlie fühle mich ich voll-kommen sicher. Sogar wenn er das Motorrad durch die winzigsten denkbaren Lücken zwischen Autos schlängelt, die im Verkehr festsitzen. Bei jedem anderen Mann würde ich brüllen, dass er mich runterlassen soll, aber bei Charlie schlinge ich nur die Arme fester um ihn, schließe die Augen und genieße die Fahrt.

Während das Dröhnen des Motorrads meine Ohren füllt, neige ich mein Gesicht in den rauschenden Wind. Charlies harte Bauchmuskeln zucken an meinen Unterarmen, während er das Motorrad wie ein Stuntfahrer lenkt und Schlenker damit fährt. Als wir stoppen, hämmert mein Herz und ich fühle mich ein bisschen schwach, aber nicht vor Angst. Charlie stellt seine Beine ab und stabilisiert das Bike, damit ich runterspringen kann. Ich lasse mir Zeit dabei und neige den Kopf, damit ich noch etwas von seinem Mann-und-Leder-Duft einatmen kann.

Auf der anderen Seite des kleinen Parks sitzt Otis auf einer Bank und isst Erdnüsse. Widerwillig ziehe ich meine Arme von Charlies Mitte weg. Er fängt meine Hand ein und drückt sie. Er behält sie sogar in seiner Hand, während wir von dem Motorrad wegschlendern. Ich bin nach wie vor barfuß, aber das Gras fühlt sich schön an.

„Nettes Bike", meint Otis gedehnt, als wir uns nähern.

„Danke, Mann." Charlie legt seinen Arm um meine Schultern. „Ein Freund hat mir erlaubt, es zu leihen – ich versprach, dass ich es gleich wieder zurückgeben würde. Bist du schon mal eines gefahren?"

„Meine Frau erlaubt es nicht. Hab einen langweiligen beigen Sedan." Otis deutet mit einem Daumen über seine Schulter auf das Auto, das unter einer Reihe Ahorne geparkt ist. Im Anschluss hält er die braune Tüte hoch. „Erdnüsse?"

„Von mir aus gerne!" Charlie nimmt die Tüte. Es klirrt leicht darin. Er bietet sie mir an und ich schiebe meine Hand hinein und ertaste die Autoschlüssel zusammen mit den Erdnüssen im Inneren. Ich schnappe mir die Schlüssel und nicke Charlie zu, der die Tüte wegzieht und seinerseits die Motorradschlüssel hineinfallen lässt, bevor er die Tüte wieder Otis reicht. Zumindest glaube ich, dass er die Motorrad-schlüssel reinfallen lässt. In Wahrheit sehe ich nichts, obwohl ich darauf achte. Wir brechen die Erdnussschalen auf und essen einige Sekunden Erdnüsse, ehe sich Otis erhebt.

„Behaltet den Rest." Otis klopft sich die Hände ab. Keine Spur von den Schlüsseln, obwohl ich mir sicher bin, dass er sie hat. Diese Spiontypen sind besser als Straßenmagier. „Ich muss nach Hause, bevor meine Frau nervös wird. Wünschte, ich könnte zu meiner Fischerhütte fahren. Ich hab immer eine Reisetasche und eine Karte im Auto, nur für den Fall, dass ich mal wegmuss." Er grinst und schlendert davon.

„Er wird einige Runden drehen und Ausschau halten, ob uns jemand gefolgt ist", klärt mich Charlie auf.

„Wir werden sein Auto nehmen, stimmt's? Und darin wird eine Reisetasche und eine Karte zu seiner Fischerhütte sein?"

„Jepp." Mit seiner Hand an meinem Ellbogen führt mich Charlie den Gehweg hoch zu dem ‚langweiligen beigen Sedan', auf den uns Otis aufmerksam gemacht hat. „Wir werden irgendwo anhalten und Kleider kaufen."

DIE DÄMMERUNG BRICHT HEREIN, als das Auto schließlich über eine lange, staubige Lehmstraße holpert. Ein Rad trifft ein Schlagloch und ich wache blinzelnd auf.

„Fast zu Hause", murmelt Charlie und ich schenke ihm ein leichtes Grinsen. Ich trage ein „Virginia is for Lovers" T-Shirt, das ich in einem Touristenladen gekauft habe. Ich wackle in meinen nagelneuen glitzernden Flipflops mit den Zehen. Nachdem wir den D.C. Verkehr hinter uns gelassen haben und uns nun auf einer schönen Landstraße in der Nähe der Küstenlinie Marylands befinden, fühle ich mich wie im Urlaub.

„Wäre da nicht das ganze Schießen und die toten Leute, wäre dieses Spionzeug irgendwie spaßig", teile ich ihm mit.

Er nickt und seine Mundwinkel biegen sich nach oben. Ich spüre, dass er sich nach der beinahe-Entführung um meinen Geisteszustand Sorgen macht, aber nachdem das Adrenalin meinen Körper verlassen hatte, schlief ich den ganzen Weg von D.C. hierher. Dieses kleine Schläfchen hat wahre Wunder bei mir bewirkt.

Es ist verrückt, wie sehr ich Charlie vertraue. Ich hätte neben niemand anderem in der Welt so sorglos schlafen können. Ich fühle mich ein wenig schuldig, weil ich das Gewicht meiner Probleme auf seinen Superspionschultern abgelegt habe, aber er wird sich um sie kümmern – das weiß ich tief in meinem Inneren.

Die Scheinwerfer landen auf einem kleinen Gebäude aus grauen Brettern, das sich leicht zur Seite neigt. „Das ist es", verkündet er nach einem Blick auf die Karte.

Als ich aussteige, rieche ich den salzigen, etwas sumpfigen Geruch von Wasser. Wir sind nicht ganz beim Ozean, nur an einem Meeresarm.

Otis gab uns mehr als nur eine Karte zu seiner Hütte. Charlie zieht Wegwerfhandys, zwei Laptops und vier Pistolen heraus. Wir wurden mit neuer Ausrüstung versorgt.

„Ich muss mich bei meiner Schwester melden. Und Flack anrufen", realisiere ich. „Er fragt sich vermutlich, warum ich nicht gekommen bin."

„Mach noch ein Treffen für morgen aus", weist mich Charlie an. „Wir müssen rausfinden, was er über *American Trade Assets* weiß."

*C*HARLIE

A*UF DEM* W*EG* zur Hütte kaufte ich Steaks und nun feuere ich den Grill an. Ich kaufte vier, aber ich schwöre, ich könnte zehn verdrücken. Annabel wird mir auf die Schliche kommen, wenn sie sieht, wie ich die verschlinge.

Zur Hölle, ich kann nicht fassen, dass sie nicht bereits eins und eins zusammengezählt hat. Ich schätze, ein Werwolf ist für die Menschen einfach eine so undenkbare Sache als reale Möglichkeit, dass sie sich weigern, zu sehen, was sich direkt vor ihrer Nase befindet.

Ich spreche selbstverständlich aus Erfahrung.

Ich war mir so sicher, dass mein Vater und Nash die Versuchskaninchen bei irgendeinem Regierungsprojekt zur Genmodifizierung oder -verbesserung waren. Ich kam nie auf die Wolfsache. Nicht einmal, als die Erinnerung an den Tod meines Vaters wieder hochkam.

Nicht bis ich es mit eigenen Augen sah.

Ich werfe die Steaks auf den Grill zusammen mit Maiskolben, an denen sich noch die Blätter befinden. Annabel kommt raus und reicht mir ein Bier.

„Flack habe ich nicht erreicht. Hab nur eine Nachricht hinterlassen. Sarah und Grady geht es gut, sie sind nur rastlos."

Ich stoße mit dem Hals meiner Bierflasche gegen ihre. „Cheers."

Sie lächelt, ihre Miene ist sanft und voller Dankbarkeit. „Charlie? Warum tust du das für mich?"

„Ich schuldete dir einen Gefallen", weiche ich in dem Bemühen aus, das Unbehagen zu ignorieren, dass sich mein Herz in meiner Brust zusammenzieht.

Sie schüttelt den Kopf. „So viel hast du mir nicht geschuldet."

Ich starre durch die Bäume zu dem Wasser dahinter. „Du bedeutest mir etwas", sage ich schließlich. Meine geschärften Sinne bemerken, dass sie den Atem anhält und ihr Puls rast. Ich drehe mich zu ihr um. „Es stimmt. Du hast ein Leben.

Vielleicht kommst du nicht viel raus, aber du hast dennoch eine Familie. Eine Schwester und einen Neffen. Ich habe niemanden – absichtlich."

Ihre Augenbrauen ziehen sich besorgt zusammen, aber sie sagt nichts und lässt mich reden.

Es ist eine Erleichterung für mich, meine Bürden bei ihr abzuladen.

„Meine Mom denkt, ich sei tot. Soweit sie weiß, starb ich vor zehn Jahren im Dienst für mein Land. Ich existiere nicht mehr. Ich kann keine Bindungen zu anderen Menschen aufrechthalten – das weißt du. Also bist du auf eine verdrehte, erbärmliche Art Familie für mich geworden." Ich öffne den Grill und wende die Steaks und Maiskolben.

Ihre Lippen teilen sich.

„Das klingt gruselig und stalkerisch, nicht wahr?" Ich lache in mein Bier. „Ich bin nicht so verhaltensgestört, wie es sich anhört, das verspreche ich. Es ist nur so, dass du die einzige Person bist, die ich regelmäßig sehe. Die einzige Person, die weiß, was ich mache. Wo ich bin. Wie ich lebe. Als ich dich um Hilfe bat, hast du sie mir gewährt. Ohne Antworten zu verlangen."

„Ich verlangte im Gegenzug einen Gefallen von dir." Sie klingt reumütig.

„Ich war begeistert. Ich *wollte* dir etwas zurückgeben. Ich schätze, im Geheimen sehnte ich mich nach einer tieferen Verbindung zu einem anderen Menschen."

Sie nickt, wendet den Blick ab und ich realisiere, dass ich das falsch ausgedrückt habe.

„Nein, nicht nur zu irgendeinem anderen Menschen. Zu dir. Meiner hübschen, brillanten Führungsoffizierin. Der Frau, die mir meine Befehle gibt und mir in den Arsch tritt, wenn ich ein Treffen verpasse."

„Wir kennen einander nicht einmal", sagt sie, aber sie

starrt mit Sternen in den Augen zu mir hoch. Als würde sie mich beschwören, sie dazu zu bringen, zu glauben, was ich sage.

„Ich will mehr wissen", sage ich ehrlich. „Ich will alles wissen."

Sie wendet wieder den Blick ab und schaut hinaus zum Wasser. „Ich wusste immer, dass ich mich in einen Agenten verlieben würde." Sie klingt reumütig, als sei das etwas Schlechtes. Was es, vermute ich, auch ist.

Es wäre schon schwierig, wenn ich nur ein Spion wäre, aber in Anbetracht meines Wolfproblems ist es geradezu gefährlich.

„Es tut mir leid." Und das tut es. Ich hatte nie vor, ihr Herz in das Ganze zu involvieren. Zur Hölle, mir war nicht einmal bewusst, dass meines im Spiel war, bis es viel zu spät war. Ich denke, ich vergaß sogar, dass ich ein Herz habe, um ehrlich zu sein.

Sie schüttelt den Kopf. „Nein, mir tut es leid. Ich wollte die Stimmung nicht runterziehen. Es ist nur typisch, dass der einzige Kerl, zu dem ich mich jemals hingezogen fühlte, nicht verfügbar ist."

Ich runzle die Stirn. Wovon redet sie? „Warum ist das typisch?"

Sie nimmt einen langen Schluck von dem Bier. „Ich meine, Mädchen wählen normalerweise Männer, die wie ihr Vater sind, stimmt's?"

„Ich verstehe." Ich will ihr sagen, dass ich anders sein werde, ihr versprechen, dass ich verfügbar sein werde, aber natürlich kann ich das nicht tun. Ich habe Annabel Gray nichts zu bieten. Nicht einmal mein Herz, das ohnehin nicht viel wert ist. Nein, ich ließ mein Herz in Kentucky zurück an dem Tag, an dem ich mich verpflichtete und eine der menschlichen Waffen der Regierung wurde.

Doch wie sich herausstellt, bin ich kein Mensch, ich schätze mal, sie sind die Angeschmierten, hm?

Ich nehme die Steaks und den Mais vom Grill. „Hast du Hunger, Schatz?"

„Bin am Verhungern", sagt sie.

Gut. Denn mein Monster brennt darauf, dich zu füttern.

Was zum Henker das auch zu bedeuten hat.

Annabel

CHARLIE BEOBACHTET MICH BEIM ESSEN, als sei es ein erotischer Akt. Sein Blick weicht nie von meinen Lippen, während er Essen zwischen seine schaufelt.

Drei Steaks.

Ich mache keine Witze. Der Kerl aß drei Steaks. Es ist unglaublich. Er muss den schnellsten Metabolismus in der Geschichte des Universums haben. Nun, wie sonst sollte er in der Lage sein, eine Harley Davidson über eine Leitplanke aus Beton zu heben?

Diese Zeit mit ihm zu verbringen, ist beinahe so, als würde ich in einen Thriller gezogen werden. Ich halte die Luft an, kneife die Augen zu, aber genieße die Fahrt trotzdem. Ich schaue total gerne zu, wie der starke, mutige und gut aussehende Held, die Bösewichte besiegt. Wenigstens hoffe ich, dass es so enden wird.

Charlie hat mich jedenfalls Glauben gemacht, dass alles gut werden wird, auch wenn mir die Logik etwas anderes sagt. Wenn ich innehalte und darüber nachdenke, wie tief ich in dieser Sache drinstecke – wie bedeutungslos mein Leben vielleicht bald sein wird… Nun, ich kann nicht so denken. Es ist zu morbide. Außerdem stehen auch Sarahs und Gradys Leben auf dem Spiel. Also *müssen* Charlie und ich diesen Fall klären. Wir müssen sicherstellen, dass sie unversehrt herumlaufen können, wenn das alles vorbei ist.

Und Charlie ebenfalls. Ich sollte mir mehr Sorgen über die Schwierigkeiten machen, in die ich ihn gezogen habe.

„Was denkst du gerade?" Er hat noch ein Bier geöffnet und nippt an der Flasche.

„Ich mache mir Sorgen um deinen Job."

„Schatz", schnaubt Charlie, „das ist eine Sache, über die du dir niemals Sorgen machen musst."

„Warum?"

„Ich kann auf mich selbst aufpassen. Ganz gleich, was geschieht. Machen wir uns einfach nur Sorgen um dich. Planen unser Endspiel. Wir brauchen einen konkreten Beweis für das, was in El Salvador passierte. Dann was? Willst du die Verantwortlichen zu Fall bringen?"

Ich kaue auf meiner Lippe. Will ich das? Das hier begann als Mission, die Wahrheit herauszufinden. Jetzt bin ich auf Gerechtigkeit aus?

„Wenn du es nicht tust, werden sie dich weiterhin verfolgen, Baby. Du hast in das Wespennest gestochen. Sie umschwirren dich bereits und stechen zu. Du kannst den Rest jetzt nicht halbherzig tun. Entweder du machst ihnen den Garaus oder sie machen das mit dir."

Ich denke an meinen Vater. Die Stärke seiner Uniform an meiner Haut, wenn er mich hochhob und auf seine Hüfte setzte. Die Medaillen, die er an seiner Brust trug. Der Held, für den ich ihn hielt. Für den ich ihn *noch immer* halte.

Er würde wollen, dass ich das Richtige tue. Für Sarah und Grady. Für unser Land.

Ich recke mein Kinn. „Ja. Ich werde sie zu Fall bringen."

Charlie lächelt, als hätte er bereits gewusst, was ich sagen würde.

„Das ist mein Mädchen. Also, dann wollen wir uns ans Werk machen."

KAPITEL ZEHN

 *harlie*

Es ist spät. Ich tigere die Länge der Hütte hoch und runter, während Annabels Finger über die Tastatur fliegen. Sie hackt sich wieder in die CIA und sucht nach allem, das sie darüber finden kann, wer hinter American Trade Assets steckt, der politischen Aktionsgruppe, die auf Direktor Scapes Kontoauszügen auftaucht.

Meine Gedanken, die normalerweise so geordnet und ordentlich sind, sind ein einziges Durcheinander. Ich schwitze, bin praktisch fiebrig, als wäre das Mondlicht heißer als die Sonne und als würde es mich durch den dünnen Vorhang, der vor dem rustikalen Hüttenfenster hängt, verbrennen.

Ich brauche Annabel so sehr, dass ich krank bin. Übelkeit rumort in meinem Bauch, meine Fingernägel bohren sich in meine Haut. Nicht einmal das Verlangen, mich zu verwandeln und laufen zu gehen, kann mich von ihrer Seite loseisen, obwohl es mich umbringt, in ihrer Nähe zu sein. Die Muskeln in meinen Armen und Beinen beginnen, zu zittern. Okay. Ich muss hier raus.

„Ich werde laufen gehen."

Annabels Finger stellen ihre Bewegungen ein und sie dreht sich um. Was auch immer sie auf meinem Gesicht sieht, veranlasst sie dazu, zurückzuweichen. Sie steht auf und packt meinen Arm.

„Charlie." Furcht zeichnet sich auf ihrem Gesicht ab.

Sie sollte auch Angst haben. Angst vor dem, was passieren wird, wenn ich bleibe.

„Es tut mir leid, Baby. Ich bin ruhelos. Und hier bei dir zu bleiben… es macht mich verrückt."

Schmerz legt sich auf ihr Gesicht, weshalb ich nach unten auf meinen steinharten, sich nach vorne wölbenden Schwanz blicke – woraufhin es ihr dämmert.

Sie schluckt zur gleichen Zeit, in der sie mir in den Schritt fasst und mich schmerzhaft überrascht.

Ich ächze. „Baby, ich kann nicht."

„Du siehst aus, als könntest du etwas Hilfe damit gebrauchen."

„Ich könnte – ich meine – *oh*."

Sie hat bereits meinen Reißverschluss nach unten gezogen, meinen Schwanz rausgeholt und mit ihrer Faust umschlossen.

Ich komme beinahe an Ort und Stelle. Meine Hand vergräbt sich in ihren Haaren und zieht ihren Mund an mich, auch wenn Worte wie „Nein… ich kann nicht…" über meine Lippen kommen.

Dann ist alles vorbei. Sie nimmt meinen Schwanz zwischen diese hübschen, vollen Lippen und meine Augen rollen nach hinten in meinen Kopf.

„Meine Fresse, Annabel. Nicht. Ich meine, *doch*. Bitte.

Oh, fuck." Ich stoße wie ein Vollarsch mit den Hüften nach vorne und bringe sie mit meinem Schwanz zum Würgen, aber ich kann mich nicht zurückhalten. Das Monster lässt sich nicht mehr aufhalten, jetzt da es rausgelassen wurde.

Mein Sichtfeld verändert sich, ihr Geruch wird in meinen Nasenlöchern kräftiger.

Annabel.

Nur Annabel.

Meine reizende, reizende Annabel.

Ich muss sie haben.

Muss. Beanspruchen.

Ich bin viel zu grob. Indem ich ihren Hinterkopf packe, halte ich sie gefangen und ficke ihren Mund, ramme mich jedes Mal tiefer und mit mehr Kraft in sie.

Ein salziger Geruch lässt mich wieder Vernunft annehmen – Tränen vom Würgen glänzen an ihren Wimpern.

Nicht akzeptabel.

Irgendwie gelingt es mir, mich aus ihrem Mund zu ziehen und nach hinten zu taumeln. Aber sie bewegt sich mit mir.

Die verrückte, hübsche Frau lässt nicht zu, dass ich mich zurückziehe. Sie steht auf, folgt mir und schubst mich auf das Sofa.

„Ja, nein", keuche ich. Hitze prickelt über meine gesamte Haut, während sich Annabel aus ihrer Jeans und Höschen windet und sich rittlings auf meinen Schoß setzt.

Sie beugt sich über mich und beißt in mein Ohr. „Hast du ein Kondom?"

Ich kann ihre atemlosen Worte nicht entziffern. Ich kenne nur das verrückte Verlangen, sie in jeder möglichen Position und in jeder Körperöffnung für mich zu beanspruchen. Sicherzustellen, dass sie weiß, dass sie zu mir gehört.

Aber das ist nicht richtig. Ich kann keinen Anspruch auf

sie erheben, als wäre sie ein Gegenstand. Das ist das Monster, das aus mir spricht.

Annabel durchsucht meine Taschen und mir wird endlich bewusst, wonach sie sucht. Ich ziehe das Kondom hervor. Sie reißt das Folienpäckchen auf und rollt den Gummi über meinen wahnsinnig erigierten Schwanz.

Ich packe sie und ziehe sie nach unten auf meinen Schoß, ehe ich ihren Mund mit einem besitzergreifenden, dominierenden Kuss erobere. Sie schmeckt nach Honig und Äpfeln. Nach Perfektion. Meine Zunge gleitet zwischen ihre Lippen, während ich meinen Schwanz in die Kerbe zwischen ihren Beinen stoße. Ich fülle eine Hand mit ihrem Hintern und sie windet sich auf meiner pochenden Männlichkeit. Ich drehe unsere Körper um. Die Lippen auf meine gepresst, taumelt sie wieder auf die Couch, wobei meine Hand ihren Hinterkopf schützt. Ich reiße sie in Position und bringe meinen Schwanz an dem Ort in Stellung, an den er unbedingt gelangen will.

Währenddessen kann ich nicht aufhören, sie zu küssen. Ich beiße ihre Unterlippe, lecke ihre Zunge und verschlinge sie. Und als ich in ihre feuchte Hitze sinke, explodieren Feuerwerke hinter meinen Augen.

Und sie explodieren weiterhin. Ich ramme mich in sie rein und raus, jeder Stoß ist ein lebensverändernder Genuss, jeder Kuss ein neues Versprechen.

Mein, brüllt das Monster.

Mein, nur mein.

Mein für immer.

Und Charlie ist noch immer irgendwo da drin und weiß, dass es nicht richtig ist, aber ich kann den Wolf nicht stoppen. Er kriegt, was er will, und er will Annabel.

Sie hat absolut keine Chance, heute Nacht nicht beansprucht zu werden.

Mein, mein, mein.

Oh Gott, sie fühlt sich so gut an. Es ist, als wäre ich für genau diesen Moment geboren worden. Um mich mit ihr zu vereinen, Körper und Seele. Es hat etwas Heiliges an sich – es ist so viel größer als Sex. Es sind Galaxien und Welten und jedes winzige Partikel im Universum, die wollen, dass wir zusammen sind.

Dessen bin ich mir sicher.

Nichts könnte uns jetzt teilen.

Ich vögle sie und vögle sie und vögle sie.

Sie neigt den Kopf nach hinten und schreit und ich halte ihren Mund zu, ziehe meine Hand über ihre hübschen Lippen und schiebe meinen Daumen zwischen sie.

Sie saugt daran.

Ich bewege die andere Hand unter ihrem T-Shirt nach oben, wo sie schon die ganze Nacht lang sein und ihre Nippel zwicken und zupfen wollte.

Ich werde sie die ganze Nacht lang ficken. Nach diesem Fick werde ich sie zum Orgasmus lecken. Dann werde ich sie ans Bett fesseln und jeden Zentimeter ihres Körpers mit meiner Zunge foltern. Ich werde sie zum Singen und Schreien bringen, bis der verdammte Mond untergeht.

Doch dann passiert etwas Folgenschweres. Wie ein Autounfall oder eine Wiedergeburt. Mein Körper fühlt sich an, als würde er auseinandergerissen und zur gleichen Zeit wieder zusammengesetzt werden.

Das Monster brüllt.

Ich komme.

Annabel kommt.

Freude durchströmt mich. Reine Freude.

Dann ist meine Zunge mit Blut überzogen und Annabels Schrei durchbricht die Nacht.

〜

Annabel

SCHMERZ DURCHFÄHRT MICH – ein brennender, heißer Schmerz.

Er hat mich gebissen.

Ich fasse es nicht, aber Charlie springt zurück und landet mit dem Hintern auf dem Boden, während Blut von seinen übergroßen Eckzähnen tropft.

Und seine Augen.

Eis. Blau.

Genau wie die des Wolfs im Treppenhaus. Wie die des Wolfs bei der Hütte.

Eine kalte Gänsehaut läuft über meine Arme. Nein. Das kann nicht sein.

Werwölfe existieren nicht.

Aber es gibt keine andere Erklärung. Charlie ist ein verfluchter Werwolf!

Und er hat mich gebissen – der Mann, von dem ich heute Morgen noch geschworen hätte, dass er mich vor allem beschützen würde.

„Geh zurück!", brülle ich, obwohl er bereits zurückgewichen ist. Mit zitternden Händen hole ich die Glock aus meiner Handtasche und entsichere sie. Blut durchtränkt das T-Shirt um meine rechte Schulter.

Erinnerungen daran, was ich bereits gesehen habe, blitzen in meinen Gedanken auf. Charlies Verlangen, nachts allein laufen zu gehen. Der Wolf, der die Tür zur Hütte niederreißen wollte. Der Wolf, der in dem Treppenhaus auftauchte, während Charlie die Kommunikation einstellte. Es passt alles.

Ich hätte geschworen, dass nichts Charlie Dune aus der Ruhe bringen könnte, doch gerade jetzt erfüllt Entsetzen seine

Augen. Er sieht nicht aus, als wäre er bereit, mich anzugreifen. Er wirkt verängstigt – vor dem, was er getan hat.

„Erschieß mich", wispert er.

Meine zwei Hände zittern, als ich mit der Pistole
zwischen seine Augen ziele. Der Atem entweicht mir schnell
und zitternd.

„Tu es", sagt er lauter.

Ich bemühe mich, ein taffes Gesicht aufzusetzen, aber ich
spüre, wie eine Seite davon wegbricht. Ich bin keine Krie-
gerin wie mein Dad oder Charlie. Ich konnte dem Wolf nicht
zwischen die Augen schießen, als er versuchte, bei der Hütte
zu mir zu gelangen. Ich kann das auf keinen Fall jetzt tun,
wenn er in Menschengestalt und verängstigt ist. Aber ich
weiß, dass er keine Angst vor mir hat. Er hat Angst *um* mich.
Und das ist der Grund, aus dem ich die Pistole weiterhin auf
ihn richte.

„Wie lange schon?", schreie ich. „Wie lange bist du schon
ein Wolf?"

„Ein Monat, schätze ich", brummelt er.

„Schätzt du?" Meine Stimme hebt sich eine Spur. „Was
zum Teufel, Charlie?"

„Ich weiß es nicht – vielleicht schon mein ganzes Leben.
Mein Dad war einer. Aber ich fing erst vor einem Monat an,
mich zu verändern. Nach Honduras. Ich hätte es dir erzählt,
wäre mir eine Möglichkeit eingefallen, wie ich es glaubhaft
klingen lassen könnte."

„Also bin ich jetzt auch ein Werwolf?" Ich kann das
Zittern nicht aus meiner Stimme halten.

Charlie wischt sich das Blut von den Lippen. Reue gräbt
sich in jede Linie auf seinem Gesicht. „Ich weiß es nicht."
Seine Worte sind kaum hörbar. „Aber du solltest mich
erschießen. Bevor ich es noch einmal tue."

Ich schlucke. „Ich habe schon einmal auf dich geschossen", krächze ich. „Bei der Hütte."

Er deutet auf die Mitte seiner Stirn. „Schieß genau hierhin, Annabel."

Das sollte ich tun. Charlie Dune ist außer Kontrolle. Er hat mich verletzt. Er könnte jemand anderen verletzen. Aber Töten ist nicht meine Stärke.

„Tu es!", brüllt er.

Ich zucke zusammen, als er schreit, aber ich kann trotzdem nicht schießen. Eine Träne rollt über meine Wange.

„Annabel, ich bin eine Gefahr für dich. Ich weiß nicht, was ich sonst noch tun könnte. Du musst mich erschießen. Mir wäre es lieber, wenn du es tust und nicht irgendjemand anderes. Bitte."

Mein Finger spannt sich am Abzug.

Aber ihn durchzudrücken ist ein Ding der Unmöglichkeit. Auch wenn er mich anbrüllt, es zu tun.

Meine Lippen zittern. „Steh auf." Ich fuchtle mit der Pistole herum.

„Erschieß mich", wispert er erneut.

„Steh auf!" Ich lege Autorität in meinen Befehl.

Charlie rappelt sich auf die Füße und macht sich schnell zurecht – er zieht das Kondom ab und steckt sein Glied in seine Jeans.

„Raus mit dir." Ich deute mit der Pistole auf die Tür.

„Annabel, ich werde einfach zurückkommen. Ich werde einen Weg in die Hütte finden. Du bist wie eine Droge für mich", fleht er mich an. Er will, dass ich ihn umbringe.

Ich *kann nicht*.

„*Raus*."

Charlie läuft zur Tür, öffnet sie und tritt hindurch. „Verriegle die Tür, Schatz", sagt er, während er sie fest schließt.

CHARLIE

OH GOTT, was habe ich Annabel nur angetan? Ich wünschte bei Gott, sie hätte mich erschossen.

Ich verspüre keine Furcht. Ich lernte schon vor langer, langer Zeit diese beiseitezuschieben. Aber ich habe mehr Angst um Annabel, als ich jemals zuvor um irgendetwas Angst hatte.

Ich habe ihr wehgetan.

Ich habe meiner Geliebten wehgetan.

Annabel.

Mein Gehirn spielt noch einmal ab, was gerade passiert ist. Wie tief die Wunden waren, wo sie platziert waren. Wie viel Blut sie verloren hat.

Nein, die Wunden sind nicht tödlich. Wenn sie sich nicht entzünden, wird sie heilen, sogar ohne medizinische Interventionen.

Ich stehe auf der Veranda und starre zum Mond hoch.

Was habe ich nur getan?

Das Merkwürdige ist, dass ich nicht mehr den Drang verspüre, mich zu verwandeln und rennen zu gehen. Ich bin ruhiger als in jeder anderen Nacht diese Woche. Fokussierter.

Ich steige in den Truck, den wir stahlen, um hierher zu fahren. Ich werde die Nacht hier verbringen und über sie wachen. Am Morgen werde ich mich unsichtbar machen und ihr dorthin folgen, wo auch immer sie hingeht. Ich kann sie nicht ohne Schutz lassen. Nicht bis diese Mission vorbei ist.

Aber ich kann mich auch nicht im selben Raum wie sie aufhalten.

Ich bin eine schreckliche Gefahr für sie.

Annabel

DER SCHOCK über den Verrat verletzt mich tief, obwohl ich allmählich glaube, dass Charlie sich einfach nicht mehr unter Kontrolle hatte. Ich glaube nicht, dass er vorhatte, mir wehzutun.

Ich renne zum Bad und ziehe mein T-Shirt aus, um die Wunden zu inspizieren. Es gibt vier Einstichstellen, die einen Zentimeter tief sind.

Hätte schlimmer sein können. Keine Hauptarterien. Kein allzu großer Blutverlust. Mir ist allerdings definitiv leicht schwindlig.

Ich drehe mich um und übergebe mich in die Toilette. Das Zimmer dreht sich. Oh Gott. Verwandle ich mich in einen Werwolf?

Werde ich auch anfangen, Menschen bei Vollmond zu beißen?

Ich taumle zum Schlafzimmer und falle auf das Bett. Meine Augenlider sind schwer – zu schwer, um sie aufzuhalten. Es ist, als hätte ich einen Drink zu viel genossen und würde vollkommen beschwipst einschlafen.

Jepp, einschlafen…

ICH WACHE AUF, weil ein Dielenbrett knarzt.

Charlie?

Ist er wieder reingekommen? Natürlich verriegelte ich die Tür, aber Charlie Dune könnte jedes Schloss überwinden, wenn er das wollte. Ich dachte nur nicht, dass er es tun würde.

Und dennoch ist Erleichterung kein Wort, das angemessen ausdrücken kann, wie ich bei der Vorstellung empfinde, dass er zurückgekommen ist. Es ist eher wie eine Feier. Als wäre alles in der Welt verkehrt gewesen und jetzt ist es wieder richtig.

Der Türgriff zum Schlafzimmer dreht sich langsam und die Haare stehen mir zu Berge.

Das ist nicht Charlie.

Meine Instinkte übernehmen und ich werfe mich seitlich vom Bett und rolle mich unter dieses, gerade als die Tür knarzt und weit aufschwingt.

Jemand grunzt und ein Körper knallt auf den Boden.

Irgendwie unterdrücke ich einen Schrei.

Die Hütte erbebt wegen der Schüsse im Wohnzimmer. Ich krabble auf meinem Bauch vorwärts, um die Pistole auf dem Nachttisch zu holen. Wegen des Rumsens und Schlagens eines Nahkampfs, der von Schüssen aus dem Eingangsbereich unterbrochen wird, denke ich, dass Charlie hier ist und stumm kämpft, um mich zu beschützen.

Ich versuche, die Lampe neben dem Bett anzuschalten, aber nichts passiert – der Strom wurde gekappt. Ich stehe auf und renne zur Tür, gerade als das Glas des Schlafzimmerfensters zersplittert und unter Schüssen in die Brüche geht.

„Annabel?", brüllt Charlie, als ich mich auf den Boden fallen lasse.

„Ein Angreifer, der von draußen reinschießt." Ich bin verblüfft davon, wie ruhig mein Bericht klingt.

Schüsse ertönen aus dem Wohnzimmer und plötzlich steht Charlie im Türrahmen, angeleuchtet von einem Strahl Mondlicht, der durch das Fenster fällt. „Bleib unten. Geh hinter das Bett." Ich höre seine leisen Schritte und das Knirschen von Glas, als er zu der Wand neben dem Fenster rennt und mit erhobener Pistole zur Seite weicht. Er schießt zweimal, dann lässt er die Pistole fallen.

„Hier." Ich schiebe meine über den Boden zu ihm, da ich annehme, dass ihm die Kugeln ausgegangen sind.

„Danke." Er nimmt sie in die Hand und gibt drei weitere Schüsse ab. „Es sind mindestens noch zwei weitere dort draußen. Drei sind ausgeschaltet."

Ich krabble zum Schrank, weil mir die Tasche mit den Waffen einfällt. Als ich die Tür öffne, schließt sich mir Charlie an. „Du nimmst die Halb-Automatik. Gib mir noch zwei Pistolen."

Ich reiße sie mit den Magazinen raus.

„Bleib hinter mir." Er bewegt sich beinahe geräuschlos durch die Hütte und ich folge ihm, wobei ich die Waffe mit beiden Händen festhalte.

Schüsse erklingen in dem Moment, in dem er die Tür auftritt. Er reißt mich gegen die Wand zwischen Tür und Fenster. Ich zähle die Schüsse. Acht. Zehn. Vierzehn. Fünfzehn.

„Bleib hier." Charlie rennt durch die Tür, eine Pistole in jeder Hand, die Arme gerade in zwei Richtungen ausgestreckt. Er feuert vier Kugeln ab.

Ein Körper fällt.

„Gib mir Deckung." Charlie verschwindet und rennt zu der Lehmeinfahrt, wo er das Auto geparkt hat, das wir gestohlen haben.

Ich weiß nicht wirklich, wie man das tut, aber ich feuere eine Runde auf die Bäume in der entgegengesetzten Richtung von der, in die Charlie gerannt ist. Gott bewahre, wenn ich ihn ausversehen treffen würde.

Doch warte – Kugeln können ihm scheinbar keinen Schaden zufügen, außer sie erwischen ihn zwischen die Augen.

Ich höre Fäuste, die auf Fleisch treffen, Grunzen und Schläge. Ich schleiche mich aus der Hütte in ihre Richtung, wobei ich die Pistole abwehrend nach links und rechts schwinge.

Hinter dem Fahrzeug kämpft Charlie mit Direktor Scape.

„Keine Bewegung", brülle ich.

Beide Männer ignorieren mich. Charlie schleudert Scape gegen einen Baumstamm und donnert seinen Kopf gegen das Holz.

„Dafür habe ich Sie am Leben gelassen", sagt Charlie und boxt Scape in den Magen.

„Uuf." Er beugt sich vornüber. „Wofür?"

„Für Annabel. Damit Sie ihr die Wahrheit erzählen können. Los, machen Sie schon." Er verpasst Scapes Kiefer einen rechten Haken.

Direktor Scape spuckt Blut aus und lacht. „Die Wahrheit? Die Wahrheit ist, was auch immer ich will. Ich leite die beschissene CIA."

„Wer tötete meinen Vater?", verlange ich zu wissen. Das ist nicht die Frage, von der ich dachte, dass ich sie stellen würde, aber es ist die Frage, die aus meinem Mund kommt.

Scape lacht. „Ich tat das. Ich tötete deinen Vater, als er Befehle missachtete."

Ich sollte diese Waffe nicht in den Händen halten. Denn ich bin viel zu bereit, sie einzusetzen. „Welche Befehle?", bringe ich zwischen zusammengepressten Zähnen hervor.

Charlie boxt Scape erneut.

„Er hatte Befehle, das Dorf zu zerstören. Den Krieg wieder auszulösen. Er gehorchte nicht. Ich musste reingehen und hinter ihm aufräumen."

„Wer gab diese Befehle? Sie?"

Scape schenkt uns noch ein blutiges Lächeln. Seine Hand schnellt nach vorne, bevor ich realisiere, dass ich zu nah an ihn herangetreten bin. Er schwingt den Griff meiner Waffe herum, um sie auf Charlie zu richten und drückt den Abzug durch.

Charlie packt Scapes Kopf und bricht ihm das Genick, obwohl aus seiner Schulter und Seite Blut spritzt.

„Charlie!", schreie ich.

„Ich bin okay. Mir geht's gut." Er hält die Wunde an seiner Seite mit einer Hand zu, während er Scapes schlaffen Körper mit dem Zeh anstupst, als wolle er sichergehen, dass er auch wirklich tot ist.

Scheinbar unbekümmert von seiner Schusswunde zieht Charlie sein Handy aus seiner hinteren Hosentasche und reicht es mir. Das Aufnahmegerät ist angeschaltet – er hat das ganze Geständnis aufgezeichnet.

„Wir haben es. Du bist jetzt frei."

∿

CHARLIE

ICH NEHME Scapes Handy und Brieftasche und stecke sie ein. Die Männer in der Hütte habe ich bereits durchsucht. Keiner von ihnen hatte Ausweise oder Handys bei sich. Ich muss ihr Fahrzeug finden.

Ich schnuppere in der Luft. Ich werde besser darin, die verschiedenen Gerüche, die mich umgeben, zu identifizieren und ich kann keine neuen Menschen wahrnehmen. Ich habe alle ausgeschaltet.

Ich überprüfe den Körper des Kerls, den ich in den Bäumen erschoss. Er ist tot, kein Ausweis.

„Komm, bringen wir dich nach drinnen", sage ich behutsam. Annabel hat sich nicht bewegt und ich rieche ihre Angst

176

und Schock. Ich weiß nicht, ob sie mich überhaupt mit sich in die Hütte lässt, aber ich muss mich wenigstens vergewissern, dass sie unversehrt ist. Der Drang, mich um sie zu kümmern, ist überwältigend. Wenn ich weiß, dass sie in Sicherheit ist und sicher zu ihrem alten Leben und ihrer Familie zurückkehren kann, werde ich gehen. Ich muss von jedem weggehen, dem ich wehtun könnte.

„Sind – sind sie alle tot?"

Ich rieche nur Tod. Ich nicke. Obwohl die Gefahr vorüber ist, ist mein Körper nach wie vor angespannt. Ich bin auf der Hut vor weiteren Gefahren, die meine Gefährtin bedrohen könnten.

Gefährtin? Das ist eine merkwürdige Wortwahl.

Ich finde ihren Wagen hundert Meter entfernt die Lehmstraße hoch. Darin befinden sich die Ausweise und Handys der anderen Männer. Ich nehme alle an mich. Als ich zurück zur Hütte komme, lege ich den Schalter im Sicherungskasten um. Die Lampe im Schlafzimmer geht an.

Annabel hat sich noch immer nicht bewegt, als hätte sie Angst, allein reinzugehen.

Ich laufe zu ihr und strecke vorsichtig die Hand aus. Sie taumelt nach vorne in meine Arme.

„Charlie", schluchzt sie.

„Es ist okay." Ich streichle ihre seidigen Haare. „Es ist jetzt vorbei. Alles ist vorbei."

Der Geruch ihres Blutes von den Wunden, die ich ihr zugefügt habe, brennt mir in der Nase und sorgt dafür, dass sich meine Brust zusammenzieht.

Sie schnieft und ich spüre ihre Tränen feucht an meinem Hals. „Was jetzt?"

Ich richte mich auf und weiche zurück, um ihre Tränen wegzuwischen. „Jetzt gehst du rein. Mach dich zu jemandem, dem du vertraust. Mach Kopien von dieser Aufnahme, damit sie dich nicht loswerden können. Du wirst in Sicherheit sein. Deine Schwester und Neffe können nach Hause gehen. Du kannst zurück an deine Arbeit gehen."

Ihre Lippen zittern. „Was ist mit dir?"

Verdammt.

Ich würde mir lieber den Arm abhacken, als Annabel zu verlassen. Aber ich bin nicht sicher für sie.

„Ich werde verschwinden."

Schmerz runzelt ihre Stirn. „Was heißt das?"

„Ich muss hinter diese Wolfsache kommen. Bevor noch jemand verletzt wird." Meine Augen senken sich auf ihr blutdurchtränktes Shirt und ihre Finger heben sich, um die Bisswunde leicht zu berühren.

„Gibt es andere, mit denen du reden kannst? Von denen du erfahren kannst, wie du es loswerden kannst? Oder was du tun musst, um die Auswirkungen zu eliminieren?"

Ich denke an Jared und das Wolfrudel in Tucson. „Vielleicht." Ich nicke. „Ja. Dorthin werde ich als erstes gehen."

„Wo sind sie?"

Ich berühre ihre Nase. „Das werde ich dir nicht verraten, Engel. Verschwinden bedeutet auch verschwinden."

Ihr Kiefer verspannt sich und sie reckt das Kinn. „Vielleicht kann ich dir ja helfen. Ich würde gerne helfen."

Ich weiß nicht, wie es kommt, dass ich noch stehe. Die Erde scheint unter meinen Füßen zu beben und zu wackeln. Ich umfange ihren Hals und lehne meine Stirn an ihre.

„Ich werde dich auf jeden Fall fragen, wenn ich etwas brauche", verspreche ich, aber es ist eine Lüge.

Wir wissen beide, dass das hier der Abschied ist.

Für immer.

„Was, wenn ich dich brauche?" Ihre Stimme hebt sich. „Was, wenn ich zu einem Wolf werde und auch anfange, Menschen anzugreifen?"

„Du weißt, wie du mir eine Botschaft schicken kannst." Alle Geheimagenten haben Server, die wir auf Nachrichten überprüfen. Ich kann meinen überprüfen, selbst wenn ich abtrünnig bleibe. „Ich werde dir von allem berichten, das ich in Bezug auf deinen Biss herausfinde. Das verspreche ich."

„Das ist es also?" Ihre Stimme bricht und ich falle fast auf die Knie.

Ich streichle mit dem Daumen über ihre Wange. „Ich liebe dich, Annabel Gray."

Es scheint wichtig zu sein, ihr das zu sagen. Vor allem, da ich sie nie wieder sehen werde. Sie sollte die Wahrheit wissen.

„Charlie", flüstert sie erstickt.

„Es ist okay. Du musst gar nichts sagen. Ich wollte nur, dass du es weißt. Das war nicht einfach irgendeine Auftrags-Affäre für mich. Es war alles andere als das."

Tränen laufen aus Annabels hübschen grauen Augen. „Für mich auch."

Ich umschließe ihr Gesicht mit beiden Händen und streiche ihre Tränen mit den Daumen weg.

„Wenn du mich brauchst, werde ich kommen. Das ist ein gottverdammtes Versprechen."

„Ich weiß", würgt sie hervor.

Meine Augen brennen. „Gut." Ich bete jedoch zu Gott, dass sie mich nie brauchen wird.

Nein, das ist eine Lüge, aber ich kann nicht einmal auf eine weitere Chance mit Annabel hoffen. Diese Fantasie wird mich auf jeden Fall umbringen.

Ich trete langsam nach vorne und meine Lippen schweben über ihren. „Tschüss, Annabel."

Sie schnellt nach vorne und drückt mir einen kurzen Kuss auf die Lippen, dann weicht sie zurück und kehrt mir den Rücken zu. „Tschüss."

 nnabel

ICH FAHRE mit dem Herzen auf der Fußmatte aus dem Wald. Charlie in den Sonnenaufgang laufen zu lassen, brachte mich beinahe um. Ich wollte ihm hinterherrennen, anbieten, ihn irgendwohin zu fahren, ihm eine warme Mahlzeit geben. Aber ich weiß, dass er nichts von diesen Dingen braucht. Wenn es irgendeinen Mann gibt, der allein mit seinem wachen Verstand überleben kann, dann ist das Charlie Dune.

Es ist vermutlich dumm, dass ich mich an die Hoffnung klammere, dass er irgendeine Lösung für sein Wolfproblem finden und wieder in meinem Leben auftauchen wird. Selbst ohne die Wolfsache wäre die Idee abstrus. Diese Person ist er einfach nicht. Er ist ein Spion, der allein arbeitet. Eine tödliche Waffe der Regierung.

Er wäre nie bei mir eingezogen und hätte eine süße kleine Beziehung mit mir begonnen. Er wäre nie länger bei mir geblieben.

Und ich wusste das von Anfang an.

Also warum fühle ich mich dann, als sei ich gerade von einer Klippe gesprungen und würde platt auf dem Wüstenboden darunter liegen?

Ich schnappe mir ein Wegwerfhandy und rufe Sarah an.

„Annabel!", kreischt sie. „Bitte sag mir, dass wir diese gottverdammte Hütte verlassen können."

„Jepp. Ihr seid frei."

„Hallelujah! Grady und ich werden hier drin verrückt. Nicht, dass ich nicht vollkommen am Rad drehte wegen deiner Sicherheit. Allerdings drehte ich nur ein bisschen am Rad, weil ich wusste, dass du einen Superagenten bei dir hattest. Wie geht es dem Sahneschnittchen?"

„Ähm, okay." Meine Stimme zittert.

„Oh Scheiße, Bel, was ist passiert?"

„Nichts. Er musste nur gehen."

„Arschloch."

„Nein, so ist es nicht. Wirklich. Überhaupt nicht." Ich berühre die Wunden an meiner Schulter. „Er hat nur seine eigenen Dämonen, um die er sich kümmern muss."

Dann weine ich wie ein verfluchtes Baby.

„Oh Bel, es tut mir so leid. Er schien ein toller Kerl zu sein. Und richtig auf dich zu stehen."

Ich wische meine Tränen weg. „Ja. Definitiv ein toller Kerl. Genau das, was ich mir von einem Partner wünschen würde. Zu blöd, dass ich immer die Sorte Männer will, die keine Partner sein können."

„Wie Dad", sagt Sarah sanft. Sie suchte sich auch einen Soldaten als Ehemann aus. Und sie verlor ihn ans Militär. Er wollte nie nach Hause kommen und ein Dad sein.

„Ja, ich schätze, du kennst das nur allzu gut."

Wir schweigen gemeinsam und erkennen einfach nur den Schmerz der anderen an. Unseren eigenen Schmerz.

„Nun, ich habe herausgefunden, wer Dad wirklich getötet hat."

Sarah atmet scharf ein. „Erzähl es mir."

Ich erzähle ihr die ganze Geschichte, wobei ich nichts auslasse, was die gesamte Fahrt zurück nach Washington D.C. in Anspruch nimmt.

„Was wirst du jetzt tun?"

„Ich denke, ich werde Senator Flack anrufen. Ihm die Aufzeichnung bringen und herausfinden, ob er mir sagen kann, wie ich mit dieser Sache verfahren soll. Direkt nachdem ich mich in ein Hotel eingecheckt und mich ausgeheult habe."

„Möchtest du, dass ich zu dir komme? Eine echte Schulter, an der du dich ausweinen kannst? Grady und ich sind in einer Sekunde in einem Flugzeug."

Mir treten erneut Tränen in die Augen und meine Brust zieht sich zusammen. „Nein, du und Grady müsst nach Hause gehen. Aber Dankeschön. Ich hab dich lieb."

Und wie eine Irre breche ich abermals in Tränen aus. „Er sagte, er liebt mich", erzähle ich ihr. „Und ich habe es nicht erwidert."

Sarah gibt einen mitfühlenden Laut von sich. „Ich bin mir sicher, er weiß es. Du bist nicht so gut darin, deine Gefühle zu verbergen."

„Ja, aber ich wünschte, ich hätte es ihm gesagt."

„Hast du irgendeine Möglichkeit, ihn zu kontaktieren?"

Ich schniefe. „Ja. Aber ich würde verschlüsselt schreiben müssen."

„Nun, wenn es wichtig für dich ist, schick ihm die Botschaft. Lass ihn wissen, dass du da sein wirst, wenn er seinen Scheiß geregelt hat. Ich meine, falls es das ist, was du willst."

Ich *will* nicht, dass es das ist, was ich will. Herumsitzen und warten für wie lange? Monate? Jahre? Nie zu wissen, ob Charlie tot oder noch am Leben ist? Es klingt schrecklich. Und dennoch ist die Alternative – die Hoffnung zu zerquetschen, ihn wieder zu sehen, wie schwach auch immer sie sein mag – weit schlimmer.

„Ja, vielleicht. Danke, Sarah."

„Ruf mich wieder an. Sag mir Bescheid, wenn du wieder eine Telefonnummer hast, die ich benutzen kann."

„Das werde ich machen. Hab dich lieb, Schwesterherz."

„Hab dich lieb."

Ich parke den gestohlenen Truck auf einem Parkplatz eines Sheratons und steige aus. Zeit für eine Dusche. Eine lange Runde Weinen. Und dann muss die Geschichte weitergehen.

Ohne Charlie in meinem Leben.

Es scheint unmöglich zu sein, aber das ist es, was ich tun muss.

～

CHARLIE

ICH FAHRE mein neues Motorrad zu den metallenen Lagerhäusern südlich der Zugschienen, wo die Tucson Gestaltwandler ihre illegalen Käfigkämpfe austragen. Ich erstellte mir einen neuen Ausweis und nahm den ersten Flug nach Arizona, den ich kriegen konnte, wo ich mir dieses Motorrad kaufte. Ich denke mir, dass es dabei helfen wird, dazu zu passen und eine Verbindung zu dem Rudel herzustellen.

Die Wahrheit ist, dass ich mag, wie es sich anfühlt – die Kraft und Geschwindigkeit erinnern mich daran, wie es ist, sich zu verwandeln und laufen zu gehen. Was der Grund dafür sein muss, dass die Gestaltwandler sie so gern mögen.

Mehrere Motorräder sind vor den Lagerhäusern geparkt. Ich parke neben ihnen und steige ab. Ich bin nervös, weil ich dort reingehen werde. Selbst in der Spezialeinheit war ich ein einsamer Wolf. Es ist nicht so, dass ich keine Freundschaften schließe, aber ich bin kein sonderlich sozialer Kerl.

Oder vielleicht zögere ich auch nur, weil mein Herz zu Brei zerstampft wurde und ich gerade kaum mehr als die Hülle eines Mannes bin. Aber ich muss für Annabel dort reingehen und herausfinden, was mit ihr passieren wird – was mit mir passieren wird.

Ich stoße die Tür auf, ohne vorher anzuklopfen, und vier riesige Kerle unterbrechen ihr Gespräch, um zu mir zu schauen.

Ich erkenne sie alle von dem letzten Mal, als ich hier war. Ich bin dazu ausgebildet worden, nie ein Gesicht zu vergessen. Jared steht neben seinem gepiercten Freund. Garrett Green ist der Rudelanführer, derjenige, dessen Anwalt-Freundin reinmarschiert ist und Jared aus dem Polizeirevier geholt hat. Der vierte Kerl ist riesig – gebaut wie ein Tanker, komplett mit militärischer Kurzhaarfrisur. Er arbeitete bei dem Käfigkampf als Rausschmeißer.

„Schau an, schau an, er hat den Vollmond überlebt", sagt Jared gedehnt.

Sein Kumpel gluckst. „Was hast du gedacht? Dass du Amok laufen und alle möglichen Leute töten würdest?"

Ich habe sämtlichen Sinn für Humor verloren. Ich marschiere zu ihm und balle meine Faust in dem Shirt des Kerls. Er knurrt und die anderen drei treten nach vorne, umringen uns.

„Ich habe eine Frau gebissen. Hätte sie töten können."

„Du hast sie markiert", spricht Jared. Seine Worte dringen durch meinen Zorn. Er sagt etwas Wichtiges.

Ich lasse das Shirt seines Freundes los und wirble herum. „Ich habe *was*?"

„Du hast sie als deine Gefährtin markiert. Hat sie es überlebt?"

Ich packe Jareds Shirt. Ich bin bereit, ihm eine reinzuhauen, weil er so beiläufig davon spricht, dass Annabel beinahe gestorben wäre.

„Das hättest du mir verdammt noch mal erzählen sollen!"

Jareds große Hand greift nach meiner Kehle und es geht los. Ich *brenne* im Moment darauf, mit jemandem zu kämpfen. Ich ducke mich außer Reichweite und trete ihm in den Magen. Die anderen drei weichen zurück, die Arme vor der Brust verschränkt.

„Hat sie überlebt?", sagt er mit knirschenden Zähnen, während er nach hinten taumelt.

„Yeah, aber nicht dank dir." Ich schlage nach ihm. Er weicht aus und schwingt nach mir. Ich lasse mich nach unten fallen, um einen Fuß auszustrecken und ihn zu Fall zu bringen. Er ist im Nu wieder auf den Beinen und kommt auf mich zu, wobei er beide Fäuste schwingt. Ich ducke mich und pariere, versuche, selbst einen Treffer in seinen Rippen zu erzielen, doch er blockt mich ab.

„Ich habe versucht, es dir zu erzählen. Du hast einfach aufgelegt. Ich habe dich sogar zurückgerufen."

Jetzt erinnere ich mich daran, dass das Telefon klingelte, während ich es unter meiner Ferse zertrümmerte.

Verdammt. Ich will, dass das hier Jareds Schuld ist, aber das ist es nicht. Es ist niemandes Schuld außer meiner.

Ich ducke mich, aber er zielt auf meinen Oberkörper, hebt mich hoch und schiebt mich rückwärts zur Wand, gegen die er mich schleudert.

Ich greife nach oben, um einen Deckenbalken zu packen, schlinge meine Unterschenkel um Jareds Hals und drücke zu.

„Also was wird mit ihr passieren?", verlange ich zu wissen.

„Sie ist... für immer... mit deinem Geruch... markiert", würgt er erstickt hervor. „Kein... anderer Wolf... wird sie anfassen."

Ich lasse ihn los und mich auf den Boden fallen.

„Das ist alles? Sie wird sich nicht in einen Wolf verwandeln?"

Alle vier Wölfe glucksen. „Wir sind keine Blutsauger, Alter. Du kannst niemanden in einen Wolf verwandeln", sagt der gepiercte Kerl.

„Außer du bist der verrückte Doktor Smyth", brummt Garrett.

Erleichterung lässt meine Beine fast schwach werden. „Also... ist sie okay? Abgesehen von diesem Geruchding?"

Jared schwingt einen rechten Haken und ich lasse zu, dass er trifft, denn ich verdiene es. Er trifft mich auf die linke Seite meines Kiefers und schleudert mich nach hinten.

Ein gutmütiges Grinsen breitet sich auf seinem Gesicht aus. „Den hast du absichtlich eingefangen, oder?"

Ich zucke mit den Achseln.

Er streckt eine Hand aus und ich ergreife sie. Er zieht mich nach vorne.

„Leute, das ist Agent Charlie Dune. Ich habe euch von ihm erzählt." Er stellt mich den anderen Männern vor. Der Gepiercte ist Trey, der Größere heißt passenderweise Tank.

„Nun, willst du die guten oder die schlechten Nachrichten?", fragt Jared.

„Die schlechten."

„Die schlechten Nachrichten sind, dass du nie in der Lage sein wirst eine Frau zu verlassen, wenn du sie erst einmal markiert hast. Sie ist jetzt dein, damit du sie beschützt, bis ihr beide sterbt. Der Instinkt wird da sein, selbst wenn der Mensch in dir die Verbindung leugnen will."

Ich blinzle. Es könnte schlimmer sein. Es könnte viel schlimmer sein.

„Aber ich werde ihr nicht wehtun? Ich werde sie nicht noch einmal beißen?"

„Du wirst ihr nie wehtun. Du wirst töten, um sie zu beschützen", sagt Tank.

„Das hätte ich sowieso gemacht."

Garrett, Jared und Tank grinsen alle und nicken, als wüssten sie genau, wie ich empfinde.

„Was sind die guten Nachrichten?"

„Die gute Nachricht ist, dass du jetzt nicht mondverrückt werden wirst. Der Wahnsinn kommt davon, dass man den Drang, sich zu paaren, leugnet – dass man sich seinen natürlichen Instinkten widersetzt. Du hast sie markiert – es ist erledigt. Wir werden dich beim nächsten Vollmond nicht babysitten müssen."

Ich kann es kaum fassen. Ich bin keine Gefahr – nicht für Annabel. Für niemanden.

Der Drang, zurück an Annabels Seite zu eilen, ist so stark, dass ich mich anstrengen muss, an Ort und Stelle stehen zu bleiben.

Garretts Lippen zucken. „Wie heißt sie?"

„Annabel. Und, ah, ich muss ihr das alles erzählen. Sofort. Danke für die Informationen, Leute. Ich werde mich melden."

Trey schnaubt. „Bleib das nächste Mal auf ein Bier."

„Yeah", rufe ich über meine Schulter, während ich mich daran mache, zu gehen. „Das würde mir gefallen. Danke."

„Dune", ruft mich Garrett zurück.

Ich drehe mich um. „Yeah?"

„Wölfe brauchen ein Rudel. Vor allem ein neuer Wolf wie du."

Ich runzle die Stirn. Was für ein Bruderschaftsding ist das zum Henker? „Danke, aber ich, äh, arbeite im Allgemeinen allein."

„Ja, das verstehe ich. Aber wenn du eher zu uns gekommen wärst, hätten wir dir mit dem Mondwahnsinn helfen können. Oder dir zumindest erklären können, was passiert."

Er hat recht. Ich war das Arschloch, das sich weigerte, anzuhalten und nach dem Weg zu fragen. Ich habe es bei Annabel definitiv vermasselt, weil ich einsamer Wolf gespielt habe.

„Willst du damit sagen, dass du mich in deinem Rudel aufnehmen würdest?"

Garrett zuckt mit den Achseln. „Du hast hier einen Platz, wenn du ihn willst. Du hast geholfen, Nashs Kind zurückzuholen. Und es wäre schön für uns, zur Abwechslung jemand bei uns zu haben, der für das Gesetz arbeitet."

Ich schüttle den Kopf. „Ich verlasse die CIA. Und ich habe eine Gefährtin zu beschützen."

Gefährtin. Jetzt rede ich schon wie sie.

„Sagt mal." Ich arbeite nicht mehr an dem Auftrag, aber ich kann einfach nicht anders, als zu fragen. „Wisst ihr zufällig irgendetwas über einen Lucius Frangelico? Ist er einer eurer – unserer Art?"

Garrett bleckt die Zähne. „Wohl kaum. Er ist ein verdammter Blutsauger."

Ich starre ihn einen Augenblick lang an, bevor ich verstehe. „Oh, du machst wohl Witze. *Vampire* gibt es in Wirklichkeit auch?"

„Ja und der bedeutet Ärger", sagt Trey. „Was weißt du über ihn?"

Ich habe nichts dagegen, diesen Männern Informationen weiterzugeben. Ich denke, ich schulde ihnen etwas für ihre Hilfe. „Die CIA hat eine Observierung angeordnet, aber er hat mich jedes Mal, wenn ich näher an ihn rankam, erwischt. Ich wurde von dem Fall abgezogen und hörte, dass der nächste Agent tot aufgefunden wurde."

Trey pfeift.

„Er wird einer Vielzahl an Dingen verdächtigt, einschließlich Drogen- und Waffenhandels, aber ich glaube nicht, dass die Regierung wirklich weiß, was er treibt."

„Er eröffnet einen Nachtclub in der Stadt in direkter Konkurrenz zu den zwei anderen paranormalen Kneipen", erzählt Trey. „Und er hat deutlich gemacht, dass er der Herr der Stadt sein und in unserem Revier jagen will. Wir sind nicht glücklich." Seine Augen schimmern in einem komischen Licht, als sein Monster hervorspäht.

„Nein", knurrt Garrett und in der Luft vibriert die gleiche Energie, die ich spüre, kurz bevor ich mich verwandle. „Überhaupt nicht glücklich."

„Passt auf euch auf. Gebt mir Bescheid, wenn ich helfen kann", biete ich zu meiner Überraschung an.

Merkwürdig. Vielleicht werde ich mit dieser Rudelidee allmählich warm.

„Das wird wohl schwierig werden, wenn man bedenkt, dass ich keine funktionierende Nummer von dir habe", bemerkt Jared trocken.

Ich ziehe mein Handy heraus und schicke ihm eine Nachricht, während ich rückwärts zur Tür laufe. „So. Jetzt hast du sie. Ich erwarte, dass du sie benutzt."

Jareds Grinsen wirkt zurückhaltend. „Das klingt beinahe so, als würdest du uns wieder sehen wollen."

Ich gluckse, während ich aus der Tür laufe. „Ja. Vielleicht will ich das."

Annabel

ICH GEHE wie im Tran die nächsten Schritte durch. Checke im Sheraton ein. Besorge mir neue Kleider. Dusche. Füttere mich.

Es fühlt sich an, als würde ich durch Schlamm schwimmen.

Meine Gedanken kreisen fortwährend um Charlie. Ich wünschte, ich hätte ihm gesagt, dass ich ihn liebe. Frage mich, wo er ist. Ob er Hilfe braucht. Ob er eine Gefahr für andere darstellt.

Habe ich das Richtige getan, indem ich ihn nicht getötet habe?

Ich muss glauben, dass ich das getan habe. Sein Verstand und rationales Denken waren intakt – er hatte nur Probleme mit den tierischen Drängen. Er wird es geregelt kriegen.

Doch die Schuldgefühle nagen weiterhin an mir.

Ich sollte bei ihm sein, sollte ihm helfen, das alles herauszufinden.

So wie er mir half.

Warum habe ich ihm erlaubt, allein loszuziehen? Er braucht mich.

Ich zwinge mich, weiterzumachen, so wie es Charlie von mir erwarten würde. Ich erstelle mehrere Kopien des Geständnisses, um es zu sichern, dann logge ich mich ein und erstelle einen offiziellen CIA Bericht darüber, was mit Direktor Scape abgelaufen ist, wobei ich die Teile bezüglich Charlies Wolfproblem auslasse. Ich hinterlasse meine Kontaktdaten nicht – noch nicht. Ich bin jetzt vermutlich vollkommen sicher, aber ich muss zu hundert Prozent sicher sein.

Ich will das Ganze zur höchstmöglichen Stelle bringen, um sicherzugehen, dass alles sauber abgewickelt wird.

Ich rufe Senator Flack an und hinterlasse eine Nachricht.

Er ruft sofort zurück.

„Annabel, meine Liebe. Wo bist du?"

„Ich bin noch in der Stadt, Senator. Ich habe ein paar Informationen über den Tod meines Dads, die ich Ihnen gerne erzählen möchte. Einige neue Entwicklungen, bei denen die CIA involviert ist. Ich wusste nicht, an wen ich mich sonst wenden sollte, weshalb ich dachte, vielleicht könnten Sie –"

„Natürlich, natürlich." Er hat diese entspannte Weihnachtsmannstimme, die mich beruhigt. „Ich stecke heute den ganzen Tag in Meetings, aber warum kommst du heute Abend nicht zu meinem Haus, Annabel?"

„Klar, okay. Das klingt gut. Wie lautet die Adresse?"

Er gibt sie mir und ich beende den Anruf.

Jetzt muss ich Charlie eine Nachricht schicken.

CHARLIE

IN EINEM MOTELZIMMER ziehe ich mein Tablet raus, um Annabel zu kontaktieren. Ich muss ihr Bescheid geben, dass sie sicher ist und was das bedeutet. Ich weiß nicht, wie sie die Sache mit der Markierung auffassen wird. Wenn sie möchte, dass ich mich von ihr fernhalte, werde ich das tun. Solange ich weiß, dass sie in Sicherheit ist, werde ich ihre Wünsche respektieren.

Ich logge mich in den sicheren Server ein, den wir zum Nachrichtenschreiben haben, gebe mein Passwort ein und lasse meine Retina scannen.

Sie hat mir bereits eine Botschaft hinterlassen. *Ich wünschte, ich hätte es gesagt – du weißt, was ich meine.* Ich lächle. Dann lese ich: *Ich gehe heute Abend mit der Aufzeichnung zu F. Er sollte die Autorität besitzen, sicherzustellen, dass alles rauskommt, kurz bevor ich zurückkehre.*

Eine Woge der Furcht schwappt über mich hinweg. Sie geht mit keinem rationalen Gedanken einher – ich weiß es einfach. Irgendetwas stimmt nicht. Schwebt Annabel noch immer in Gefahr?

Oh Gott. Wie konnte ich sie nur ohne Schutz zurücklassen?

Fuck, fuck, fuck. Ich reiße elektronische Geräte aus meiner Tasche, hänge mein Handy, Tablet und Laptop an den Strom. Ich gehe in die Aufzeichnungen von Direktor Scapes Handy und von Agentin Tentrite und überfliege sie. Es gibt Anrufe von Scape an Tentrite. Das war zu erwarten. Ich suche nach irgendetwas von Flack. Wann hat Annabel ihn das erste Mal angerufen?

Ich habe Annabels Anrufliste nicht, weil sie ein mittlerweile zerstörtes Wegwerfhandy benutzte. Aber ich habe Scapes Handy. Und ich habe ein gutes Gedächtnis. Ich bestimme den Zeitraum, in dem Annabel Flack vermutlich angerufen hat, dann überprüfe ich Scapes eingehende Anrufe.

Da ist einer. Nur wenige Sekunden lang. Ich lade die Aufzeichnung runter und spiele sie ab.

Sie ist kurz und knackig. Nur die tiefe Stimme des Senators, die sagt: „Ruf mich auf einer sicheren Leitung an."

Ich schnappe mir Scapes Handy und scrolle mich durch seine Anrufliste. Bingo, Direktor Scape tätigte einen Anruf mit seinem Handy an dieselbe Nummer nur dreißig Sekunden später.

Zu blöd, dass ich dieses Handy nicht verwanzt hatte.

Aber das reicht. Flack ist involviert. Ich muss Annabel eine Botschaft schicken, bevor sie dort heute Nacht hingeht.

Ich prägte mir alle Nummern der Wegwerfhandys ein, die Annabel und ich kauften, und wähle sie nacheinander. Sie geht nicht dran.

Verdammt.

Ich hinterlasse eine Nachricht auf dem Server. *Geh nicht zu F. Wiederhole, geh NICHT dorthin. Warte auf weiteren Kontakt.* Ich hinterlasse eine Reihe Zahlen, in denen ich meine Handynummer codiert verstecke. Der Code könnte von der CIA geknackt werden, aber sie werden dafür vermutlich eine Weile brauchen.

Nachdem ich meine Sachen wieder in eine Tasche gestopft habe, springe ich auf mein Motorrad und rase zum Flughafen. Am Nachmittag von Tucson aus nach Osten zu fliegen, wird eine Herausforderung werden, aber hoffentlich fliegt irgendetwas in diese Richtung. Warum zur Hölle bin ich den ganzen Weg nach Tucson gereist und habe nicht einfach das verdammte Handy in die Hand genommen, um Jared stattdessen anzurufen?

Ich bin ein Idiot.

～

Annabel

Es ist zwanzig Uhr, als ich von meinem Lyft Fahrer vor dem Haus des Senators abgesetzt werde. Es ist ein protziges, gepflegtes Anwesen in Georgetown. Viel schöner als es sich ein ehemaliger CIA Direktor, der jetzt Senator ist, leisten können sollte. Er muss aus einer reichen Familie kommen.

Ich umklammere meinen Aktenkoffer und laufe den

Gehweg hoch. Die Tür schwingt weit auf und der Senator tritt mit einem warmen Lächeln nach draußen.

„Annabel Gray. Komm rein, komm rein. Du hast die Augen deines Vaters."

„Habe ich das?"

„Komm rein, setz dich." Er gestikuliert auf ein Polstersofa. „Meine Frau ist heute Nacht außer Haus, aber ich kann Gastgeber spielen. Hättest du gerne etwas zu trinken?"

„Nein, nichts."

Er setzt sich in den Sessel neben mir und balanciert einen Knöchel auf seinem Knie. „Ich bin froh, dass wir uns endlich treffen können. Fühlst du dich besser?"

„Ja. Tatsächlich log ich, als ich sagte, ich hätte eine Magen-Darm-Grippe. Jemand versuchte, mich daran zu hindern, Sie zu sehen."

Seine buschigen weißen Augenbrauen heben sich über den stechenden braunen Augen. Er beugt sich nach vorne.

„Was ist passiert?"

„Zwei Männer zogen mich in ein Treppenhaus. Ich entkam, aber beschloss, dass es besser wäre, unterzutauchen, bis ich die Stücke zusammensetzen kann."

„In Ordnung. Fang ganz von vorne an. Stücke wovon? Du erwähntest den Tod deines Dads?"

„Ja. Senator Flack, Sie waren Direktor der CIA, als er starb, stimmt's?"

„Das stimmt."

„Und wissen Sie, wie seine Mission in El Salvador lautete?"

„Er unterdrückte Unruhen, sodass das Friedensabkommen zustande kommen konnte."

„Tatsächlich wurden ihm Befehle erteilt, Unruhe zu schaffen und den Frieden zu verhindern. Und als er sich weigerte, ließ ihn sein Vorgesetzter, Direktor Scape, töten."

Flack lehnt sich mit ungläubiger Miene zurück. „Das ist eine ziemlich schlimme Anschuldigung."

„Ich habe sein aufgezeichnetes Geständnis." Ich halte mein Handy hoch und drücke auf Play.

Flacks Miene bleibt ausdruckslos, während er zuhört. Dann beugt er sich nach vorne.

„Wem hast du davon erzählt?"

Das ist eine eigenartige Frage. Die falsche Frage. Oder nicht? Plötzlich bin ich bereit, vor Nervosität aus der Haut zu fahren. Ich lüge, um ihn zu testen. „Niemandem. Ich weiß nicht, wem ich in der CIA vertrauen kann. Ich kam direkt zu Ihnen."

Er klatscht in die Hände. „Das ist gut. Und was ist mit deinem Partner? Wo ist er?"

Meine Brust zieht sich zusammen. Ich kann kaum noch atmen. Er sollte definitiv nichts über Charlie wissen.

„Welcher Partner?"

„Oh, ich nahm an, du hättest bei dieser Sache einen deiner Agenten bei dir gehabt", sagt er aalglatt. Es ist so glatt, dass ich nicht entscheiden kann, ob ich paranoid bin oder nicht.

„Nein. Ganz allein." Ich umklammere die Ränder des Aktenkoffers auf meinem Schoß. „Ich würde keinen Agenten in eine persönliche Angelegenheit involvieren. Das wäre unethisch. Ähm, dürfte ich Ihre Toilette benutzen?"

Senator Flack steht auf. „Selbstverständlich, hier entlang."

Ich folge seinen Anweisungen und schließe mich im Bad ein. Ich brauche nur eine Minute zum Nachdenken. Um meinen Herzschlag zu beruhigen und herauszufinden, was ich als Nächstes tun soll. Ich starre mich im Spiegel an, nach wie vor überrascht, mich blond zu sehen.

Okay, ich muss einfach gehen. Wenn es ein Badfenster gäbe, wäre ich bereits draußen. Ich wünschte, ich hätte eine

Telefonnummer von Charlie. Aber er hat die Stadt bereits verlassen. Ich muss das hier selbst regeln.

Und das kann ich auch. Ich muss lediglich ruhig bleiben. Wenn ich alle fünf Sinne beisammenhalte, kann ich bestimmt herausfinden, ob der Senator in das Ganze verwickelt ist. Ich nehme mir ein Beispiel an Charlie und schalte das Aufnahmegerät meines Handys ein.

Dann mal los.

Ich trete aus dem Bad und Schmerz explodiert an meinem Hinterkopf.

Das Letzte, an das ich mich erinnere, ist der Boden, der nach oben saust, um mein Gesicht zu treffen, dann werde ich bewusstlos.

CHARLIE

ICH SEHE DIE VIER MUSKELPROTZE, die aus dem Grand Cherokee eilen, der vor Senator Flacks Haus geparkt ist. Ihre Waffen sind deutlich zu sehen. Ihrem Aussehen nach zu urteilen sind sie private Söldner. Beim Militär ausgebildet. Vermutlich von einer hoch gehandelten, strenggeheimen Sicherheitsfirma.

Hoffentlich bedeutet ihre Anwesenheit, dass Annabel noch am Leben ist. Ich rase um die Seite der Villa und klettere nach oben, um durch jedes Fenster zu schauen.

Oh Gott.

Annabel liegt auf dem Wohnzimmerboden, die Hand- und Fußgelenke sowie ihr Mund mit Klebeband gefesselt. Die vier Schlägertypen stehen um sie herum und quatschen mit Senator Flack. Ich werde sie alle umbringen.

Vor den Fenstern sind Gitterstangen angebracht, sonst würde ich jetzt durch dieses Fenster platzen.

Ich brauche eine Ablenkung. Ich schnappe mir eine Granate aus der Tasche, die Otis für mich gepackt hat, entzünde sie und werfe sie in den Vorgarten. Dann rase ich zur Rückseite des Hauses. Die Granate explodiert und die Männer im Haus schreien und rennen aus der Eingangstür. Ich brauche fünfunddreißig Sekunden, um das Schloss der Hintertür zu knacken.

Mein Wolfgehör nimmt jemanden auf der anderen Seite der Tür wahr, weshalb ich sie mit Wucht aufstoße und denjenigen mit der Tür umhaue. Der Kerl stolpert zurück. Ich trete ihm die Pistole aus der Hand und schlage ihm ins Gesicht. Er stürzt sich auf die Pistole auf dem Boden und ich ramme meinen Stiefel in seinen Rücken, wodurch ich ihn mit unmenschlicher Kraft niederstrecke. Er ist bewusstlos. Ich hebe die Pistole auf, stecke sie hinten in den Bund meiner Hose und renne auf leisen Sohlen nach vorne. Drei Schüsse und die anderen Kerle gehen zu Boden. Ihre Schüsse landen im Leeren. Senator Flack schießt von seinem Versteck hinter einer Couch auf mich, aber ich husche hinter den Türrahmen.

Annabel regt sich auf dem Boden und ihre Augenlider öffnen sich flatternd. Fuck sei Dank. Ich hörte ihren Herzschlag, aber sie leblos zu sehen, ließ meinen Wolf durchdrehen.

Ich muss Flack eliminieren, denn er stellt eine Bedrohung für sie dar.

Ich springe ins Wohnzimmer, rolle mich vor ihren Körper und gehe mit gezückter Waffe in die Hocke. Ich fange mir eine Kugel in der Brust ein und erwidere das Feuer. Nenn mich altmodisch – aber ich ziele stets direkt zwischen die Augen.

Flack geht zu Boden.

Ich nutze meine Gestaltwandlerkraft, um das Klebeband um Annabels Hand- und Fußgelenke durchzureißen und zucke mit ihr zusammen, als ich es von ihrem Mund abziehe. Sie stürzt sich auf mich und ich nehme sie in die Arme und drücke ihren Körper an meinen.

Sirenen erklingen draußen.

„Annabel. Meine Fresse. Ich hab dich fast verloren", würge ich hervor. „Ich hätte dich nie ohne Schutz lassen sollen."

„Du hast mich gerettet", haucht sie. „Ich wusste, dass du das tun würdest. Ich meine, es war kein rationaler Gedanke – ich *dachte* nicht, dass du möglicherweise zu meiner Rettung kommen könntest, aber ich wusste es. Als ich die Explosion draußen hörte, sagte etwas in mir, *Siehst du? Er ist hier*."

„Auf den Boden, das Gesicht nach unten!" Die Polizei stürmt herein, die Pistolen im Anschlag.

KAPITEL ZWÖLF

 nnabel

ERST GEGEN MITTAG des nächsten Tages werde ich aus dem Gewahrsam des FBI entlassen. Es musste einiges an Behördenkram erledigt werden, aber dank der Aufnahme auf meinem Handy, bei der Senator Flack seinen Lakaien befahl, mich zu töten, und weil meine Chefin, Agentin Tentrite, den Bericht präsentierte, den ich gestern einreichte, ließen sie mich ohne eine Anklage gehen.

Tentrite eskortiert mich nach draußen, eine tröstliche Hand auf meiner Schulter. „Es tut mir leid, dass ich diese Akte über Ihren Dad gelöscht und Ihnen gesagt habe, Sie sollen sich zurückhalten. Ich hätte meine Befehle mehr infrage stellen sollen."

„Nein, ich verstehe es. Sie haben nur Ihren Job gemacht." Ich sehe mich in der geschäftigen Lobby um. „Wo ist Agent Dune?", frage ich. „Wurde er schon freigelassen?"

„Ja, er ist vor einer Stunde rausgelaufen. Er hat seine Kündigung eingereicht."

Das Herz rutscht mir in die Hose. Er wird wieder gehen. Er muss. Nur weil er zurückkam, um mich zu retten, heißt das nicht, dass er bleiben kann.

Und dennoch fühlt sich die Vorstellung, ihn erneut gehen zu lassen, an, als würde mein Gesicht über Asphalt geschleift werden.

Ich laufe nach draußen und blinzle ins Sonnenlicht, wo ich an meinem Handy herumfummle, um ein Lyft zu rufen. Meine Anfrage wird sofort bestätigt und die App verrät mir, dass mein Fahrer Tom nur eine Minute entfernt ist. Ich halte nach dem weißen Honda Accord Ausschau, wobei sich mein Magen schmerzhaft verknotet.

Charlie hat nicht einmal auf mich gewartet. Hat er eine Nachricht hinterlassen? Ich tippe auf meinem Handy herum in dem Versuch, auf unseren privaten Server zuzugreifen. Das weiße Auto fährt vor. Ich trete nach vorne, ohne von meinem Display aufzuschauen.

Eine tiefe, vertraute Stimme sagt: „Wohin, Ma'am?"

Mein Kopf schnellt hoch. „Charlie!" Ich werfe mich mit einem erdrückenden Griff auf ihn.

Sein neckendes Grinsen löst sich zu etwas Ernsterem auf. „Annabel." Er umfängt meinen Hinterkopf und ich zucke zusammen, als er den Bluterguss berührt, den Senator Flack mir beschert hat.

„Du bist verletzt." Zorn flammt in seinen Augen auf.

„Flack hat mich K.O. geschlagen." Ich reibe über die Stelle. „Ich weiß nicht, womit er mich geschlagen hat."

„Du hättest ins Krankenhaus gebracht werden sollen, damit man dich dort durchcheckt. Sie hätten dich nicht über Nacht hier festhalten sollen."

Ich lächle bei seiner Vehemenz. „Danke, aber ich werde

schon wieder werden." Ich schaue zu dem laufenden Auto. „Also was? Du hast bereits einen neuen Job?"

Seine Lippen zucken. „Ich habe vielleicht das Auto eines Lyft-Fahrers für ein paar Stunden geliehen. Ich wollte derjenige sein, der dich abholt."

„Woher wusstest du, dass ich ein Lyft rufen würde?"

Er zuckt mit den Achseln. „Ich habe meine Methoden."

„Ich hatte Angst, dass du gegangen bist", gestehe ich und senke den Blick, als meine Stimme zittert.

Er hebt mein Kinn an. „Wolltest du... dass ich bleibe?"

Es ist das erste Mal, dass ich Charlie Dune verletzlich erlebe und das greift mein Herz auf eine Weise an, von der ich nicht wusste, dass sie möglich ist. Sie gibt mir Kraft – Mut. Ich packe sein Hemd mit beiden Händen und drehe sie.

„Ich lasse dich nicht noch einmal allein losziehen und deine Wolfsache klären. Ich werde mit dir gehen. Wo auch immer du hingehst. Ich weiß, dass du gerne allein arbeitest, aber das ist jetzt eben Pech. Du könntest mich brauchen. Selbst wenn es nur ist, um... dich auszuschalten." Das ist eine Lüge. Ich könnte Charlie niemals erschießen, aber ich erzähle ihm einfach das, von dem ich denke, dass er es hören will.

Zu meiner Überraschung grinst er. „Ist das so?"

Ich habe ihn nicht so übermütig erlebt, seit er auftauchte und mir mein Eis wegaß. Es ist ein Ausdruck, den ich zufälligerweise an ihm vergöttere.

Ich gehe auf die Zehenspitzen und neige mein Gesicht nach oben zu seinem. „Ja."

„Was ist mit deinem Job?"

„Ich werde auch meine Kündigung einreichen."

Er erobert meine Lippen auf seine leidenschaftliche Art – ein fester, fordernder Kuss. „Das ist gut, Baby. Denn ich habe etwas über diesen Biss rausgefunden, den ich dir verpasst habe."

Ich versteife mich. Oh Gott, ich werde auch ein Wolf werden. Nun, solange ich bei Charlie bin, bin ich für alles zu haben.

„Was hast du herausgefunden?"

Sein Blick ist zärtlich. Er streichelt meine Wange mit seinem Daumen.

„Der Biss bedeutet, dass du mein bist. Für immer. Ich habe dich mit meinem Geruch markiert, sodass dich keine Wölfe anfassen werden."

Gelächter sprudelt über meine Lippen. „Was? Das ist lächerlich."

Er zuckt mit den Achseln und lächelt. „Lächerlich, aber wahr. Und der Grund dafür, dass ich so verrückt war und versuchte, in jener Nacht in die Hütte zu gelangen, ist, dass mein Wolf dich bereits als meine Lebensgefährtin erwählt hatte. Er musste den Sack zumachen, sonst wäre er mondver-rückt geworden."

Ich verdrehe die Augen und lache. „Und ich werde dies-bezüglich erst gar nicht gefragt."

Charlie wird nüchtern. „Natürlich wirst du das. Wenn du mir sagst, dass ich gehen soll, werde ich…" Er massiert seine Stirn. „Nun, tatsächlich bin ich mir nicht sicher, ob ich dich jetzt noch verlassen kann, Engel. Aber ich würde mein Bestes geben, wenn du darauf bestehst."

Ich fühlte mich noch nie in meinem Leben so leicht. Der Mann, von dem ich dachte, dass er sich nie niederlassen würde, der nie an einem Ort oder bei einer Person bleiben könnte, erzählt mir gerade, dass er nie wieder gehen wird. Das ist mehr, als ich jemals zu hoffen gewagt habe. Meine Kehle schnürt sich zu.

„Charlie…"

Er mustert mein Gesicht, seine Körpersprache verändert sich leicht und er weicht zurück. „Es ist okay. Ich werde dich zu nichts überreden. Ich verspreche es."

„Nein." Ich schüttle den Kopf. „Wenn ich schon diese Narben tragen muss", ich berühre meine Schulter an der Stelle, wo er mich biss, „dann bleibst du gefälligst auch bei mir."

„Yeah?" Ich habe noch nie ein so breites Grinsen auf seinem Gesicht gesehen. Es ist spektakulär.

„Yeah. Ich wollte schon immer meinen eigenen Geheimagentenmann haben. Jetzt habe ich einen."

„Zu deinen Diensten", murmelt er, schlingt einen Arm um meine Taille und zieht meinen Körper direkt an seinen.

„Hast du wirklich gekündigt?"

Er nickt. „Ja. Es wäre schwer, dich im Auge zu behalten, wenn sie mich ständig auf der ganzen Welt auf Missionen schicken."

„Was wirst du dann arbeiten?"

Er zuckt mit den Achseln. „Ich habe genügend Geld. Wir müssen gar nicht arbeiten, außer du möchtest es tun."

Ich blinzle überrascht zu ihm hoch. „W-wie?"

„Geheimagentengehälter können ziemlich flexibel sein angesichts des Jobs und des involvierten Risikos. Und meine Lebenshaltungskosten wurden seit dem Tag bezahlt, an dem ich mich verpflichtete. All mein Geld lag in Offshore-Konten, wo es Zinsen angehäuft hat. Wir sind reich."

Er sagte *wir*.

Es gibt ein *Wir*.

Ich kann es kaum glauben. „Das sind wir?"

„Reich genug. Wo willst du wohnen, Engel?"

„Das ist mir egal", antworte ich, ohne nachzudenken. „Solange ich nur bei dir bin."

EPILOG

 *harlie*

ANNABEL und ich schlüpfen hinter Sarah und Grady in die *Space Mountain Bahn*. Mit den beiden nach Disneyland zu gehen, war das Erste, das Annabel tun wollte, als wir D.C. verließen. Ich glaube, sie hat ihnen seit Jahren einen Familienausflug versprochen.

Ich liebe es. Bei jedem Stück typisch amerikanischen Lebens, das ich erleben darf, fühle ich mich, als hätte ich im Lotto gewonnen. Es ist das Leben, von dem ich dachte, dass ich es nie haben würde – die Zuckerwatte, die Frau, das Kind. Nun, er ist nicht unser Kind, aber ein Neffe ist nah genug dran.

Und ich möchte Annabels Familie unbedingt näher kennenlernen. Ich will für den Rest meines Lebens alles in mir aufsaugen, das Annabel ausmacht.

Nach dem hier gehen wir nach Kentucky, um meine Mom zu besuchen. Hoffentlich bekommt sie keinen Herzinfarkt, wenn sie herausfindet, dass ich noch am Leben bin. Ich will die Geschichte über meinen Dad von ihr hören – alles, das sie weiß. Und ich will die Jahre wiedergutmachen, die ich ihr stahl. Nun, das kann ich vermutlich niemals tun, aber ich werde mein Bestes geben.

Die Bahn fährt los nach oben und der Wagen rattert über die Schienen der Achterbahn. „Du wirst nicht wie ein kleines Mädchen schreien, oder?", fragt mich Annabel. Sie hat ihre Haare wieder zu dem dunklen Rot gefärbt, das ich so sehr liebe. Ich vergrabe meine Finger darin und massiere ihren Hinterkopf.

„Oh, ganz bestimmt." Ich grinse wie ein Idiot.

„Ich auch", sagt Sarah, die ihre Arme in die Luft reckt und die entsetzte/aufgeregte Miene macht, die sie in wenigen Sekunden in echt aufsetzen wird.

Der Wagen schießt in die Dunkelheit und ich drehe Annabels Gesicht zu meinem und stehle mir einen holperigen, atemlosen Kuss.

„So ist es immer mit dir", brüllt sie über das Rattern der Schienen und die Schreie der Fahrgäste.

„Was?", rufe ich zurück.

„Eine Achterbahnfahrt, die nie enden soll."

Ich fange ihr Gesicht mit beiden Händen ein, finde erneut ihren Mund und drücke meine Lippen auf ihre, während wir hoch und runter und in die Kurven sausen.

Mir geht es genauso, Schatz.

Mir geht es genauso.

EPILOG

Epilog 2

nnabel

So ANGESPANNT HABE ich Charlie noch nie gesehen. Ich finde es faszinierend und ein bisschen verzückend, dass der Kerl in Leben-oder-Tod Situationen nicht mit der Wimper zuckt, aber in emotionalen Situationen ganz von der Rolle ist.

Und ja, aufzutauchen, um seiner Mom zu erzählen, dass man doch nicht tot ist, muss der Hammer sein.

Wir fahren zu einem hübschen, aber rustikalen Heim im Hüttenstil in den Bergen und steigen aus dem SUV, den wir in Lexington gemietet haben.

„Wow, ist das das Haus, in dem du aufgewachsen bist?", frage ich, bevor ich realisiere, dass es dafür wahrscheinlich zu neu ist.

Charlie nimmt die Augen nicht von dem Gebäude, während er den Kopf schüttelt. „Sie zahlten ihr eine gewaltige Geldsumme, als ich starb. Das war Teil unserer Verhandlungen."

Oh Gott – er starb. Diese Frau trauerte um ihren einzigen Sohn. Was wird sie denken, wenn wir einfach vor ihrer Tür auftauchen?

Die Tür öffnet sich und eine schlanke Frau Anfang fünfzig kommt heraus. Misstrauen zeichnet sich deutlich auf ihrem Gesicht ab.

Wir laufen zum Haus, aber jeder Schritt scheint eine Ewigkeit zu dauern.

„Vergib mir, Mama", sagt Charlie, aber er spricht nicht so laut, dass sie ihn hören kann.

Sie betrachtet mich aus schmalen Augen, die Hände in die Hüften gestemmt. Ihr Blick schwenkt zu Charlie und sie erstarrt.

Er nickt, wobei er nach wie vor im Schneckentempo läuft. „Ich bin es, Mama. Ich bin am Leben."

Ihr Blick zuckt wieder zu mir, dann setzt sie sich in Bewegung, fliegt die Stufen nach unten und wirft sich Charlie in die Arme. Er schlingt seine um sie und drückt sie mit feuchten Augen.

„Charlie? Wie kann das sein? Du lebst wirklich? Was ist los?"

„Es tut mir leid, Mama", murmelt er erneut.

Sie weicht ruckartig zurück, um ihm ins Gesicht zu schauen. Über ihres ziehen sich Tränenspuren. „Was tut dir leid? Was zur Hölle geht hier vor sich?"

„Ich bin zur CIA gegangen. Geheimdienst. Sie töteten mich zu deinem Schutz. Es tut mir so leid."

Sie öffnet und schließt den Mund zweimal, bevor sie sich

zu mir dreht und sagt: „Nun ich schätze, ihr kommt beide besser rein."

Sie führt den Weg an und ich drücke Charlies Hand. Ich kann erkennen, dass das hier unfassbar schmerzhaft für ihn ist, weil er praktisch zu Stein geworden ist. Seine Bewegungen sind mechanisch und steif, sein Gesicht ausdruckslos und seine Augen leer.

Sie scheucht uns in eine hübsche Holzhütte mit hohen Decken und bringt drei Bierflaschen. „Ich schätze, es ist zu früh zum Trinken, aber…" Sie verstummt und starrt ihren Sohn an.

Er öffnet sein Bier und trinkt die Hälfte davon.

„Ich bin Annabel", sage ich und strecke meine Hand aus.

Sie lässt ihren Blick zu mir schwenken und drückt meine Hand liebevoll. „Ich bin Callie. Bist du Charlies Mädchen?"

„Ja, das bin ich." Meine Hand gleitet unbewusst zu meiner Schulter, wo die Bisswunde zu einer feinen Narbe geworden ist, und ihre Augen folgen der Bewegung. Ihre Miene wird scharf und sie wendet sich ihrem Sohn zu.

„Charlie, bist du –" Sie unterbricht sich und Unsicherheit blitzt auf ihrem Gesicht auf.

„Ein Wolf?"

Ihre Lippen teilen sich, ihre Augen werden größer.

„Ja."

Sie schlingt ihre Arme wieder um seinen Hals und er schließt die Augen, während er sie festhält, als hätte er Schmerzen.

„Ich hätte es dir erzählen sollen, Charlie. Ich dachte nur nicht, dass du einer werden würdest. Ich wusste es nicht."

„Ich hätte dir erzählen sollen, dass ich noch am Leben war. Mir tut all der Schmerz leid, den ich dir verursacht habe."

Sie lehnt sich an ihn, als ob ihre Beine nicht mehr funktionieren würden. Tränen fließen ungehemmt über ihr Gesicht. „Dir muss nichts leidtun, Junge", sagt sie heftig. „Du bist am Leben... Das ist das Einzige, das für mich jetzt noch eine Rolle spielt."

Er küsst sie auf den Scheitel und die Steifheit weicht aus seinen Schultern und Gesicht. „Vergibst du mir?"

Sie nimmt seine Hand und führt ihn zum Sofa, ehe sie mir bedeutet, dass ich mich ebenfalls hinsetzen soll. „Es gibt nichts zu vergeben. Du hast deinem Land gedient. Ich könnte nicht stolzer auf dich sein. Aber was hat sich geändert? Warum bist du jetzt hier?"

„Ich habe gekündigt. Es mag noch immer nicht sonderlich klug sein, dass ich hier bin, aber ich konnte mich nicht mehr fernhalten."

Sie setzt sich neben ihn und drückt seine Hand. „Ich wette, du hast auch einige Fragen über deinen Vater."

„Die habe ich. Erzähl es mir, Mama."

„Ich traf ihn im Wald vor dem Haus deines Großvaters. Ich war sechzehn. Dieser gigantische silberne Wolf folgte mir.

Er jagte mir eine Heidenangst ein. Ich rannte weg und er verfolgte mich. Ich glaube nicht, dass er anders konnte – seine Teenagerhormone waren außer Rand und Band und es war Vollmond.

Er verschwand, als ich das Haus erreichte. Ich verriegelte die Tür und erzählte es deinen Großeltern, aber sie glaubten mir nicht. Niemand glaubte mir. Wölfe leben angeblich nicht in diesen Bergen.

Ich sah ihn zwei Jahre lang nicht, dann kam er als Mann in die Kneipe und bat mich um ein Date. Wir gingen einige Monate miteinander. Unsere Beziehung wurde intim. Dann, an einem Vollmond biss er mich." Sie zieht den Kragen ihres T-Shirts zur Seite, um Narben genau wie meine zu zeigen.

„Ich bin durchgedreht. Stieg aus seinem Truck und rannte blutend nach Hause. Er versuchte, mir zu folgen und sich zu erklären, aber dein Opa verscheuchte ihn mit einer Schrotflinte.

Ich sah ihn erst wieder, nachdem du geboren worden warst. Ich hatte mein eigenes Heim und ich sah den Wolf wieder. Ich besorgte mir eine Pistole und er verwandelte sich – direkt dort, vor meinen Augen. Der Wolf wurde zu einem Mann.

Er versuchte, mir zu erklären, was passiert war – dass Wölfe ihre Gefährtinnen markieren, aber dass er mich nicht hätte markieren sollen, weil ich ein Mensch war. Er sagte, es sei verboten, einen Menschen zu markieren, und seine Familie sei fuchsteufelswild, dass er ein Kind gezeugt hat.

Er wollte dich sehen. Ich sagte zu ihm, auf keinen Fall. Ich hatte Angst, Charlie. Ich dachte, seine Sippe würde kommen und versuchen, dich mir wegzunehmen. Ich tat mein Bestes, um ihn aus deinem Leben fernzuhalten.

Aber du warst ihm sehr wichtig." Ihre Augen – das gleiche Grün wie Charlies – füllen sich mit frischen Tränen. „Er stellte seine Versuche, dich zu sehen, nie ein. Mich zu überzeugen, dass er nicht böse ist. Dann –" Sie hört zu sprechen auf und ihre Stimme versagt.

„Dann wurde er von Opa erschossen", beendet Charlie den Satz ausdruckslos.

Ich keuche.

Callie nickt. „Du hast es gesehen, oder?"

„Ich erinnere mich an jene Nacht. Ich habe die Puzzleteile erst kürzlich zusammengesetzt. Ich fand erst vor kurzem heraus, was ich bin."

Callie strafft die Schultern, als würde sie ihren Mut zusammennehmen. „Seine Familie lebt oben tief in den Wäldern. Ich könnte dich zu ihnen bringen, wenn du möchtest."

Charlie schüttelt den Kopf. „Nein, mir geht's gut. Vielleicht eines Tages. Für den Moment reicht es mir, dich zu haben." Er schaut zu mir. „Du und Annabel, ihr seid all die Familie, die ich brauche."

Ich lächle ihn mit zitternden Lippen an, denn ich staune noch immer, dass ich für meinen einsamen Wolf zu jemand Wichtigem geworden bin.

Seine Mutter dreht sich zu mir und lächelt mich ebenfalls an. „Du bist mutiger, als ich es war. Du hast akzeptiert, was er ist. Danke, dass du meinen Sohn liebst."

Ich berühre abermals die Bissnarbe. „Ich würde ihn gar nicht anders wollen."

MEHR WOLLEN?

Bitte genieße diesen kurzen Auszug aus dem nächsten alleinstehenden Buch in der *Bad-Boy-Alpha*-Serie

Bad Boy Alphas
Alphas Versuchung
Alphas Gefahr
Alphas Preis
Alphas Herausforderung
Alphas Besessenheit
Alphas Verlangen
Alphas Krieg
Alphas Aufgabe
Alphas Fluch
Alphas Geheimnis
Alphas Beute
Alphas Blut
Alphas Sonne

RENEE ROSE: HOLEN SIE SICH IHR KOSTENLOSES BUCH!

Tragen Sie sich in meine E-Mail Liste ein, um als erstes von Neuerscheinungen, kostenlosen Büchern, Sonderpreisen und anderen Zugaben zu erfahren.

https://www.subscribepage.com/mafiadaddy_de

Das Erwachen (Unschuld 2)

Königin der Unterwelt: Eine Dunkle Liebesgeschichte (Unschuld 3)

Die Gefangene des Biestes: Eine dunkle Romanze (Die Liebe des Biestes 1)

Die Rache des Biestes: Eine dunkle Romanze (Die Liebe des Biestes 2)

Der Soldat, der mich verführt

Draekons (Drachen im Exil) mit Lili Zander (Eine Sci-Fi Dreierbeziehung Romanze)

Draekon Gefährtin

Draekon Feuer

Draekon Herz

Draekon Entführung

Draekon Schicksal

Tochter der Dragons

Draekon Fieber

Draekon Rebellin

Draekon Festtag

ÜBER DIE AUTORIN

USA TODAY Bestseller-Autorin RENEE ROSE liebt dominante, verbalerotische Alpha-Helden! Sie hat bereits über eine Million Exemplare ihrer erotischen Liebesromane mit unterschiedlichen Abstufungen verruchter sexueller Vorlieben und Erotik verkauft. Ihre Bücher wurden außerdem in *USA Todays Happily Ever After* und *Popsugar* vorgestellt. 2013 wurde sie von *Eroticon USA* zum nächsten *Top Erotic Author* ernannt und freut sich ebenfalls über die Auszeichnungen Spunky and Sassy's *Favorite Sci-Fi and Anthology Autor*, The Romance Reviews *Best Historical Romance* und Spanking Romance Reviews *Best Sci-fi, Paranormal, Historical, Erotic, Ageplay and Couple Author*. Bereits fünfmal gelang ihr eine Platzierung in der USA-Today-Bestsellerliste mit verschiedenen literarischen Werken.

Besuchen Sie ihren Blog unter www.reneeroseromance.com

ÜBER DIE AUTORIN

Lee Savino ist *USA Today*-Bestsellerautorin. Außerdem ist sie Mutter und schokosüchtig. Sie hat eine ganze Reihe von Büchern geschrieben, die alle unter die Rubrik »smexy« Liebesgeschichten fallen. *Smexy* steht dabei für »smart und sexy«.

Sie hofft, dass euch dieses Buch gefallen hat.

Besucht sie unter:
www.leesavino.com

www.ingramcontent.com/pod-product-compliance
Lightning Source LLC
Chambersburg PA
CBHW061616100726
47898CB00002B/685